Die drei !!!

Ein Fall mit Herz und Huf

Kirsten Vogel

KOSMOS

Umschlagillustration von Ina Biber, Gilching
Umschlaggestaltung von Sabine Reddig

Weitere Bände dieser Reihe siehe S. 160

MIX
Papier aus verantwortungsvollen Quellen
FSC® C083411
FSC
www.fsc.org

Gedruckt auf chlorfrei gebleichtem Papier

ISBN 978-3-440-16812-7
Redaktion: Franziska Latoska
Lektorat: Claudia Müller
Produktion: DOPPELPUNKT, Stuttgart
Druck und Bindung: CPI Books GmbH, Leck
Printed in Germany / Imprimé en Allemagne

Die drei !!!

Ein Fall mit Herz und Huf

verbringen. David und ich sitzen ja auch nicht die ganze Zeit nur verliebt rum und halten Händchen, sondern schreiben an unserem Roman.«

»Das ist etwas anderes!«, schnaubte Marie. »Ihr brennt für das Schreiben. Beide. Holger und ich brennen nicht für Mathe. Ganz im Gegenteil. Es gibt noch nicht mal einen Funken.«

»Einen Funken Hoffnung gibt es vielleicht. Organisiere Holger doch Nachhilfe«, sagte Kim. »Dann ginge das Lernen vielleicht schneller und ihr könntet den Rest der Zeit gemeinsam verbringen?«

Marie strahlte. »Die Idee gefällt mir ganz gut. Aber wo bekommen wir die Nachhilfe her?«

»Ich frage meine Mutter. Wenn sie mal zu Hause ist.« Kims Mutter war Lehrerin. Die Sommerferien waren vorbei und die Schule war seit einigen Wochen wieder in vollem Gange, da hatte Frau Jülich alle Hände voll zu tun.

»Danke, das wäre toll.« Marie lächelte Kim an. »Und wie weit seid ihr mit eurem Fantasy-Krimi? Können wir den bald in der Buchhandlung kaufen?«

Kim und ihr Freund David hatten gemeinsam ein Schreibprojekt gewagt: Sie schrieben zusammen einen Fantasy-Krimi, ein noch junges Genre. Weil beide sehr unterschiedliche Vorstellungen in Bezug auf den Fortgang der Geschichte gehabt hatten, musste das Projekt zwischenzeitlich auf Eis gelegt werden.

Kim war sauer auf David gewesen, weil er die von Kim entwickelte und lieb gewonnene Hauptfigur Junos durch den Stich einer außerirdischen Biene sterben lassen wollte. Sie hätte das Projekt fast an den Nagel gehängt. Zum Glück hatten die beiden dann doch noch einen gemeinsamen Weg gefunden: Der weiblichen Hauptfigur Laurina war es gelungen, ein Gegengift zu besorgen und Junos' Leben zu retten.

»Uns fehlt noch das letzte Kapitel«, berichtete Kim aufgeregt. »Wir haben gestern Ideen dafür gesammelt. Ich darf es schreiben. Natürlich soll es ein Happy End geben. Junos und Laurina finden das entführte Einhorn, bringen es zurück in seinen Wald und endlich wachsen dort auch wieder Blumen. Und Bäume.«

»Das klingt schööööön«, schwärmte Franzi. »Wer sind eigentlich die Entführer?«

»Außerirdische, die den Planeten Erde in Beschlag nehmen wollen«, erklärte Kim.

»Indem sie dafür sorgen, dass keine Pflanzen mehr auf der Erde wachsen?« Marie schüttelte sich. »Das ist ja oberfies!«

»Kommen in dem Buch eigentlich auch drei coole Detektivinnen vor, die alles aufdecken?«, fragte Franzi.

»Ein neuer Fall wäre für uns auch mal wieder ganz gut, oder?«, warf Marie ein.

Kim Jülich, Franziska Winkler und Marie Grevenbroich waren Detektivinnen. Sie nannten sich *Die drei !!!* und hatten schon mehr als achtzig Fälle erfolgreich gelöst. Ihr letzter Fall lag bereits einige Wochen zurück.

»Das würde auch das Warten auf Blake verkürzen.« Franzi blinzelte in den blauen Himmel.

»Ach ja, nächste Woche kommt er ja schon.« Kim schnupperte. »Täusche ich mich oder duftet es hier nach Kuchen?«
»Die einen freuen sich auf Kuchen, die anderen auf Blake.« Marie lachte.
Franzi seufzte.
»Was ist?«, fragte Kim. »Freust du dich etwa nicht?«
Gedankenverloren strich Franzi durch Tinkas Mähne. »Ich weiß nicht. Jetzt war er so lange weg. Was ist, wenn wir uns nichts mehr zu sagen haben?«
Franzis Freund Blake hatte ein Highschool-Jahr in Fontana absolviert. Seit einem Reitunfall saß Blake im Rollstuhl. Er war sehr sportlich und machte WCMX, was die Abkürzung für Wheelchair Motocross war. Weil es in Amerika bessere Möglichkeiten gab, diese Sportart zu trainieren, hatte er sich für das Auslandsjahr entschieden. In wenigen Tagen würde er zurückkommen. Franzi hatte von Anfang an auf diesen Tag hingefiebert, aber je näher er rückte, desto unsicherer wurde sie.
»Ach, wenn du ihn siehst, wird dein Herz mindestens einen so großen Hüpfer machen wie Tinka.« Kim zeigte zu Franzis Pony, das losgaloppiert war und über den Heuballen sprang.
»Es ist so viel passiert, seit Blake ...«, setzte Franzi an, doch sie wurde von lautem Gackern unterbrochen.
Ihr Huhn Polly kam mit einem Regenwurm im Schnabel angehinkt, gefolgt von der kleinen Eule Mathilda. Franzi hatte ein großes Herz für Tiere und Polly lebte schon lange auf dem Winklerhof. Eule Mathilda war erst vor ein paar Wochen bei ihnen eingezogen. Franzi hatte Mathilda gemeinsam mit dem

Freund ihrer Schwester Chrissie bei einem Waldbrand gerettet und dann mit Paul, dem Praktikanten ihres Vaters, gepflegt.
Polly wurde langsamer. Das war Mathildas Chance. Sie schnappte sich den Regenwurm aus Pollys Schnabel und verschlang ihn. Polly gackerte laut.
Kim musste lachen. »Warum teilt ihr nicht? So wie wir?« Sie pflückte eine Brombeere und wollte sie gerade essen, als Marie sie ihr wegschnappte und sie sich in den Mund steckte.
»Na, ihr, gibt's schon wieder Futterkämpfe?« Paul kam auf sie zu und grinste. »Franzi, ich hab gesehen, wie du mit Tinka Springen geübt hast. Starke Leistung.« Paul hielt den Daumen hoch.
Franzi wurde rot. »Danke.« Sie merkte, dass ihre beiden Freundinnen sie von der Seite ansahen, und streckte ihnen heimlich die Zunge raus. Seit Franzi bei einem ihrer letzten Fälle gemeinsam mit Paul eine Nacht um das Leben des kleinen Rehs Goldie gebangt hatte, war sie durcheinander. Und obwohl sie wusste, dass Paul zu alt für sie war, kribbelte es jedes Mal in ihrem Bauch, wenn er in ihrer Nähe war.
»Franzi! Kim! Marie!«, rief Frau Winkler über den Hof. »Es gibt frischen Kirschkuchen.«
In ihrer Backküche, die sich auf dem Winklerhof befand, zauberte Franzis Mutter die leckersten Kuchen und Torten. Franzi und ihre Freundinnen waren die größten Fans des köstlichen Backwerks.
»Ha! Meine Spürnase hat sich nicht getäuscht!«, rief Kim.
»Super, Mama! Wir kommen.« Franzi wollte ihrem Pony eine

Kusshand zuwerfen, aber Paul trat genau in dem Moment zwischen die beiden. Franzi merkte, wie sie schon wieder rot wurde.

»Oh, danke.« Paul grinste. »Das war bestimmt nachträglich zu meinem Geburtstag.«

»Du hattest Geburtstag?«, schaltete Marie sich ein.

»Ja, ich bin achtzehn geworden.«

»Alles Gute!« Marie umarmte Paul.

»Von mir auch!«, sagte Kim.

»Herzlichen Glückwunsch«, stammelte Franzi. Sie zögerte kurz, aber dann umarmte sie ihn ebenfalls. »Lasst uns Geburtstagskirschkuchen essen.« Bevor sie gleich so rot wie eine Sauerkirsche werden würde, lief sie los.

Frau Winkler hatte den dampfenden Kirschkuchen auf eine Picknickdecke gestellt, dazu Gläser mit Himbeerlimonade.

Marie pflückte schnell ein paar Blüten und legte sie in Form einer Achtzehn auf den duftenden Kuchen. Dann stimmte sie ein Geburtstagslied an. Kim und Franzi fielen mit ein. Franzi gab sich größte Mühe, aber die Töne waren etwas schräg. Sie sang trotzdem weiter, aber es wurde nicht besser, denn Kim hatte den Text vergessen und sang etwas ganz anderes.

»Danke, ihr seid echt vielseitig.« Paul lachte. »Ihr könnt springen und singen.«

Franzi verteilte die Kuchenstücke. »Danke. Und du kannst sehr gut Komplimente machen.«

Paul steckte sich als Erster ein Stück Kirschkuchen in den Mund. »Mmhhh, der ist ja richtig gut.«

Kim probierte auch. »Die perfekte Mischung aus süß und säuerlich.«
»Übrigens: Meine Cousine Isa hat mich gefragt, ob ich mir mal eines ihrer Pferde angucken kann. Sie möchte damit für die Olympischen Spiele trainieren und die Futtermischung optimieren.« Paul goss die Himbeerlimonade in Gläser.
Franzi nahm einen Schluck. »Echt? In welcher Disziplin?«
»Springreiten. Feuerherz und Isas große Schwester Alexandra, meine andere Cousine, haben vor ein paar Jahren bereits olympisches Gold geholt«, erklärte Paul. »Vielleicht hast du ein paar Tipps für die Futtermischung, Franzi?«
Franzi verschluckte sich an der Limonade und begann zu husten. Marie klopfte ihr auf den Rücken.
»Danke.« Franzi räusperte sich. Sie fühlte sich geehrt, dass Paul sie nach einer Futtermischung für ein Turnierpferd fragte. »Ich habe eine ganz tolle Futtermischung für Tinka, aber so was muss natürlich mit einem Tierarzt abgestimmt werden. Vor allem bei Turnierpferden.«
»Gut, das sage ich ihr. Das müsste sie ja eigentlich auch wissen. Ich fahre gleich mal hin«, meinte Paul.
Franzi trank ihr Glas in einem Zug aus. »Können wir mitkommen?«
Ihre Freundinnen sahen sie überrascht an.
»Wollt ihr denn nicht den berühmten Hengst Feuerherz sehen?«
»Kennst du den etwa?«, fragte Kim überrascht.
»Na klar.« Franzi zeigte auf das Auto ihres großen Bruders

Stefan, das auf dem Hof neben einem grauen Wagen parkte. »Ich kann Stefan fragen, ob er uns fährt?«
Paul zog sein Portemonnaie aus der Hosentasche und wedelte mit einer Karte vor Franzis Gesicht herum. »Brauchst du nicht, ich habe diese Woche endlich meinen Führerschein bestanden und das Auto meiner Mutter ausgeliehen. Er deutete auf den grauen Wagen. »Ich kann euch auch alle mitnehmen.«
Franzi sprang auf und wollte Paul umarmen, hielt aber in der Bewegung inne und zog stattdessen Kim, die sich gerade ein zweites Stück Kirschkuchen nehmen wollte, hoch. »Los, worauf warten wir noch.«

Franzi saß auf dem Beifahrersitz und sah sich die Landschaft an, die an ihnen vorbeirauschte. Auf einer Wiese grasten Kühe. Sie fuhren auf einer kurvigen Landstraße, nur wenige Autos kamen ihnen entgegen.
»So schön ruhig und entspannt ist es hier auf dem Land«, sagte Franzi. Im Autoradio lief der neue Sommerhit von den *Boyzzzz*. Kim und Marie auf der Rückbank sangen aus voller Kehle mit. Durch die offenen Fenster wehte der Duft von gemähtem Heu. Kurz dachte Franzi an Blake und stellte sich vor, wie es sein würde, ihn in wenigen Tagen wiederzusehen. Die Zeit vor Blakes Auslandsjahr kam ihr sehr weit weg vor. Sie blinzelte zu Paul, der konzentriert auf die Fahrbahn starrte. Franzi schloss die Augen und wünschte sich, dass diese Fahrt ewig dauern würde.
Paul fuhr eine Linkskurve. »Da seht ihr das Gestüt!«

Franzi machte die Augen wieder auf und blickte auf ein herrschaftliches Haus. Doch ehe sie es genauer betrachten konnte, sah sie aus dem Augenwinkel einen großen Schatten, der direkt auf sie zugerast kam. Sie riss den Kopf zur Seite: Ein schwarzes Pferd galoppierte über die Weide auf sie zu und setzte einige Meter neben ihnen zum Sprung über den Koppelzaun an.
»Stopp!«, schrie Franzi aus Leibeskräften.

Schreckmomente

Paul trat auf die Bremse, die Reifen quietschten. Kim und Marie kreischten auf der Rückbank und Franzi hielt sich die Augen zu. Auf der Gegenfahrbahn kam der Wagen seitlich zum Stehen. Vorsichtig öffnete Franzi die Augen wieder. Haarscharf sprang das Pferd in einem hohen Bogen an der Windschutzscheibe vorbei und galoppierte auf der Gegenfahrbahn weiter.

Franzi drehte sich nach hinten. »Alles klar bei euch?«

Kim und Marie nickten mit schreckgeweiteten Augen.

»Und bei dir, Paul?«

Paul hielt das Lenkrad mit beiden Händen fest und starrte auf die Straße. »Das war knapp.«

Das Pferd entfernte sich immer weiter von ihnen.

Franzi öffnete die Beifahrertür und stieg mit zitternden Beinen aus. Sie atmete tief durch und rannte los. Mit fliegender Mähne galoppierte das Pferd weiter in die Richtung, aus der sie gekommen waren. In seiner Bewegung lag so viel Kraft. Franzi wusste, dass sie das Tier nicht einholen konnte, aber sie lief weiter. Vielleicht würde es ja stehen bleiben. Kurz darauf wurde Franzi von einer Reiterin auf einem dunkelbraunen Pferd überholt. In sehr schnellem Galopp folgte sie dem schwarzen Pferd und hatte es bald eingeholt. Außer Atem blieb Franzi stehen und sah zu, wie die Reiterin beruhigend auf das Pferd einredete. Es hatte angehalten. Franzi lief wieder los. Als sie näher kam, drosselte sie ihr Tempo. Das ausgebüxte Pferd scharrte unruhig mit den Hufen.

Franzi lächelte die junge Frau mit den dunklen Locken an. »Hallo, ich bin Franzi.«

»Ich bin Isa.« Sie schwang sich aus dem Sattel.

Franzi hielt kurz die Luft an. Das Pferd, auf dem Isa unterwegs war, musste der berühmte Hengst Feuerherz sein. Auf der Stirn hatte er einen weißen Fleck, die sogenannte Blesse. Sie hatte die Form einer Flamme.

»Ist das Feuerherz?«

Isa nickte. »Genau, du kennst dich aber gut aus.«

»Ich war mit deinem Cousin auf dem Weg hierher.« Franzi zeigte auf das Auto, das Paul am Straßenrand geparkt hatte. Paul, Kim und Marie standen daneben und beobachteten sie besorgt. Franzi hielt den Daumen hoch, da hörte sie ein Motorengeräusch. »Da kommt ein Auto.«

»Mist!« Isa zog Feuerherz am Halfter an den Straßenrand. »Bella muss von der Straße runter.«

Um auf sich aufmerksam zu machen, ruderte Franzi mit den Armen und gab dem Autofahrer ein Zeichen, dass er langsamer fahren sollte. Das entgegenkommende schwarze Auto bremste ab und fuhr im Schritttempo an ihnen vorbei. Franzi nickte

dem Fahrer dankend zu und drehte sich dann wieder zu Bella. Das schwarze Pferd riss schnaubend den Kopf herum und wieherte nervös.
»Ganz ruhig, Bella«, sagte Franzi mit gedämpfter Stimme. »Wir helfen dir nur, damit du wieder nach Hause kannst.« Sie rupfte ein Grasbüschel vom Rand und hielt es der Stute mit der flachen Hand hin. Die streckte den Kopf nach vorne und lief dann langsam auf Franzi zu. Ihre weichen Pferdelippen berührten Franzis Hand, bevor das Grasbüschel in ihrem Maul verschwand.
»Gut so.« Franzi lächelte und griff nach dem Halfter.
»Das hast du toll gemacht, Franzi«, sagte Isa anerkennend. »Kannst du reiten?«
Franzi nickte. »Ich habe ein Pony, es heißt Tinka.«
»Bella ist ein sehr sanftmütiges Pferd. Ich weiß nicht, wie sie aus dem Stall abhauen konnte. Eigentlich wollte ich gleich nach meinem Training mit Feuerherz einen Ausritt mit ihr machen.« Isa klopfte Bella auf den Hals. »Kann Franzi dich wieder nach Hause reiten?«
Das Pferd schnaubte.
»Möchtest du?«, fragte Isa.
»Sehr gerne!« Franzi freute sich riesig.
Isa nahm ihren Helm ab und setzte ihn Franzi auf. Die redete beruhigend auf Bella ein, stellte ihren linken Fuß in den Steigbügel und saß langsam auf.
Paul, Kim und Marie stiegen nun wieder ins Auto und fuhren Richtung Gestüt.

Behutsam ritt Franzi im Schritt los. Bellas schwarze Mähne glänzte in der Sonne.
Isa und Feuerherz waren vor ihr. Jede Bewegung von Feuerherz sah unglaublich anmutig aus.
Als sie durch ein Tor geritten waren und sich aus dem Sattel geschwungen hatten, entdeckte Franzi zuerst Paul, der ihnen zusammen mit einer Frau und einem Mann entgegenging.
Kim und Marie stürzten auf Franzi zu und umarmten sie.
»Alles gut, Mädels«, sagte Franzi und warf einen Seitenblick zu Paul, der den Daumen nach oben hielt.
»Toll, Franzi, wie du Bella beruhigt hast! Das sind mein Onkel Viktor Frankenberg und seine Frau Stefanie.« Paul deutete auf Franzi. »Und das ist Franziska Winkler. Sie ist die Tochter von dem Tierarzt, bei dem ich mein Praktikum mache.«
»Hallo, Franziska, danke, dass du zusammen mit meiner Isi unsere Bella wieder eingefangen hast.« Viktor Frankenberg war ein großer Mann mit dunklen Locken, den Franzi auf Ende fünfzig schätzte. Er trug Gummistiefel und eine Reithose.
»Isa, alles okay bei dir?«, fragte Frau Frankenberg, die Franzi ebenfalls auf Ende fünfzig schätzte. Sie trug eine graue Strickjacke und hatte kinnlange dunkelblonde Haare.
»Alles gut, Mama, mach dir keine Sorgen.«
Franzi blickte sich um. Auf der Treppe zum Eingang des Gutshauses standen jede Menge bunte Blumen. In der Mitte des Hofes wuchs eine große Linde. Darunter befand sich eine weiß gestrichene Holzbank. Die grüne Tür des Pferdestalls war weit

geöffnet. Schräg hinter dem Stall gab es eine Pferdekoppel und mehrere Wiesen.
Durch eine Holztür verließ eine dunkelhaarige Frau in Reiterhose die Koppel. »Papa, was ist jetzt mit dem Training?«
»Das ist Alexandra«, flüsterte Paul hinter vorgehaltener Hand. »Sie hat vor ein paar Jahren mit Feuerherz olympisches Gold geholt.«
»Und jetzt will Isa das auch schaffen?«, wisperte Franzi.
»Sie wollte es schon immer«, erwiderte Paul.
»Alexandra, warte mal kurz.« Viktor Frankenberg fuhr sich durch die Haare. »Wie konnte es passieren, dass Bella abhaut? Wer hat den Stall offen gelassen?«
»Der Stall war zu. Das habe ich vorhin überprüft«, erklärte Alexandra und nickte Kim, Franzi und Marie zu. »Hallo!«
Die drei Freundinnen grüßten zurück.
»Wo ist denn eigentlich Benjamin?«, fragte Frau Frankenberg.
»Er besorgt Salbe für Feuerherz«, erklärte Isa.
»Was denn für eine Salbe?«, wollte Paul wissen.
»Für sein Kniegelenk«, erklärte Isa. »Das hat er sich bei seinem letzten Sprung gestoßen.«
»Willst du mich jetzt etwa dafür verantwortlich machen, Isa?«, fragte Alexandra.
Isa schüttelte den Kopf. »So ein Quatsch!«
»Spart euch eure Energie bitte für etwas anderes«, unterbrach Herr Frankenberg seine Töchter. »Wir beginnen gleich mit unserer nächsten Trainingseinheit. In wenigen Tagen ist das

Turnier und dann muss Feuerherz hundert Prozent geben. Und eine von euch auch.« Der Mann drehte sich zu den Freundinnen und zu Paul. »Wollt ihr beim Training zusehen? Ein bisschen Publikum können wir gebrauchen.«

»Oh ja, unbedingt!«, rief Franzi.

»Gut, Isa, du bist dran«, meinte Viktor Frankenberg. »Alexandra, du machst bitte Pause.«

»Im Ernst?«, fragte Alexandra ihren Vater. »Das habe ich doch schon die ganze Zeit gemacht.«

»Lass sie auch mal, Viktor«, protestierte Stefanie Frankenberg.

Aber ihr Mann blieb bei seiner Entscheidung. »Nein, ich bin der Trainer und entscheide, was wir machen.« Er lief Richtung Koppel.

Ohne ein weiteres Wort übernahm Alexandra von Franzi Bellas Halfter und führte die Stute in den Stall.

»Ich guck mir das nicht länger an!« Frau Frankenberg schüttelte den Kopf und ging zum Haus.

Franzi beobachtete, wie Isa Paul einen genervten Blick zuwarf. Er legte seine Hand auf ihren Arm. »Los, zeig's ihnen.«

Isa zwinkerte Franzi zu und schwang sich dann auf Feuerherz. Die drei !!! und Paul folgten ihnen zur Koppel.

Als der braune Araber mit Isa auf die Koppel kam, hielten die Freundinnen die Luft an. Verschiedene Hindernisbalken waren in unterschiedlichen Höhen zu einem Parcours aufgebaut. Kim und Marie hockten sich auf einen Heuballen am Rand der Koppel, Franzi blieb aufgeregt stehen.

Herr Frankenberg nickte seiner Tochter zu. Sie beugte sich an Feuerherz' Hals hinunter und flüsterte dem Pferd etwas ins Ohr. Franzi fiel ein kleiner silberner Anhänger in Form eines Herzes auf, der an Feuerherz' ledernem Zaumzeug in Höhe der Stirn befestigt war.

Isa hob die Zügel an. Pferd und Reiterin setzten sich in Bewegung. Zunächst im Schritt, dann wechselten sie in den Trab und schließlich in den Galopp. Feuerherz nahm das erste Hindernis mit links. Die drei !!! und Paul applaudierten. Gespannt beobachteten sie, wie der Hengst auf das nächste Hindernins zugaloppierte.

»Das sieht so anmutig aus«, staunte Franzi. »Sehr athletisch!«

»Und elegant«, ergänzte Kim.

»Isa ist echt gut«, staunte Marie. »Es wirkt alles so leicht.«

»Jetzt kommt das höchste Hindernis.« Auch Paul starrte gebannt auf die Koppel.

Der Hengst wurde immer schneller, seine Hufe flogen über den Boden. Er setzte zum Sprung an, doch im selben Moment drang ein dumpfer, lauter Knall über den Hof.

Das Pferd berührte mit dem Hinterlauf den Balken, der krachend zu Boden fiel.

Fall auf Knall

Die drei !!! sahen sich entsetzt an.
Franzi kletterte durch die Zaunbalken hindurch zu Isa, die abgestiegen war und Feuerherz beruhigend über den Hals strich. »Es ist gut, mein Schöner. Nächstes Mal schaffen wir das.«
Isas Mutter kam angelaufen. »Alles klar, mein Schatz?«
Isa nickte. »Was war das für ein lautes Geräusch?«
»Das kam aus dem Stall«, sagte Viktor Frankenberg. »Ich sehe mal nach.«
Die drei !!! folgten ihm.
Mitten auf der Stallgasse lag ein Holzbalken, wie ein umgestürzter Baumstamm.
»Der Balken ist einfach runtergekracht.« Alexandra stand mit Bella und einem kleinen Fohlen in einer der Boxen.
Isa und ihre Mutter liefen besorgt zu ihr.
Kims Blick wanderte nach oben. »Ist er etwa von der Decke gestürzt?«
Viktor Frankenberg legte den Kopf in den Nacken. »Ja, er ist ein Verbindungsstück der großen Balken.«

Ein schlanker Mann mit Basecap war unbemerkt durch die Tür gekommen. Er trug eine Sonnenbrille und eine schwarze Windjacke. »Hat sich jemand verletzt?«

»Zum Glück nicht«, antwortete Herr Frankenberg. »Hallo, Thomas.«

»Sollen wir die Pferde lieber rausführen?«, überlegte Franzi. »Nicht, dass der ganze Stall gleich zusammenkracht.«

»Ich mach das.« Isa schnappte sich Bellas Halfter.

»Passt bitte auf«, sagte Isas Mutter mit besorgter Miene.

Schnell hatte Isa die Stute aus der Box geführt. Das kleine braune Fohlen lief hinterher.

»Das ist Wirbelwind«, erklärte Isa.

Franzi musste schmunzeln. »Der Name passt ja. Komm, kleiner Wirbelwind, wir bringen dich in Sicherheit.«

»Gibt es noch weitere Pferde im Stall?«, wollte Kim wissen.

Viktor Frankenberg schüttelte den Kopf. »Nein. Das ist übrigens Thomas Schulz, ein Freund.« Herr Frankenberg zeigte auf die drei !!!. »Und das sind Kim, Franzi und Marie. Und mein Neffe Paul. Kennt ihr euch eigentlich?«

Thomas Schulz schüttelte den Kopf. »Ich glaube nicht. Hallo, freut mich. Was verschlägt euch hierher?«

»Wir wollten uns mal den berühmten Feuerherz ansehen«, berichtete Franzi.

»Ja, der ist wirklich super«, bestätigte Thomas Schulz.

»Hoffentlich«, seufzte Herr Frankenberg. »In wenigen Tagen ist das Turnier. Bis dahin müssen wir noch hart trainieren.«

»Wer wird ihn denn reiten?«, erkundigte sich Schulz.
»Ich weiß es noch nicht.« Viktor Frankenberg sah Isa in die Augen.
Sie atmete tief durch. »Ach Papa, gib Feuerherz und mir eine Chance.«
»Die beiden sind ein großartiges Team«, schwärmte Franzi.
»Da könntest du recht haben.« Viktor Frankenberg lächelte, wurde dann aber wieder ernst. »Jetzt müssen wir zunächst mal den Stall absichern.«
Thomas Schulz holte sein Handy aus der Tasche. »Ich kenne einen guten Handwerker. Soll ich ihn anrufen?«
»Danke, das ist nett, aber ich denke, dass ich das auch so hinbekomme.« Herr Frankenberg zog eine lange Leiter hinter der Stalltür hervor. »Ich hab den Stall schließlich schon mal renoviert. Mit dir, falls du dich erinnerst.«
»Da waren wir zehn Jahre jünger, mein Lieber!« Thomas Schulz lachte und nahm seinem Freund die Leiter aus der Hand. »Gut, ich helfe dir.«
»Alle mal raus hier aus dem Stall«, ordnete Herr Frankenberg an.
»Ich hole den Werkzeugkasten.« Frau Frankenberg verschwand.
Gemeinsam mit Paul schob Franzi das Fohlen durch die Stalltür ins Freie.
»Kommt, wir bringen die Pferde auf die Wiese hinter der Koppel«, schlug Isa vor.
Gemeinsam mit den Pferden trotteten sie los.

»Halt! Nehmt euch etwas zu trinken mit!«, rief Frau Frankenberg aus dem Küchenfenster des Gutshauses.
Franzi lief zurück und nahm eine Flasche Wasser und fünf Becher entgegen. Nachdenklich betrachtete sie den Pferdestall, wo Thomas Schulz und Viktor Frankenberg gerade mit großer Mühe versuchten, den Balken nach oben auf die Leiter zu befördern. Sie wollte fragen, ob sie ihnen helfen könnte, und näherte sich der offenen Tür. Frankenbergs gedämpfte Stimme drang zu ihr. »Wir haben kein Geld für die richtige Instandsetzung des Gestüts.«
Die Becher in Franzis Hand klapperten aneinander. Sie drückte sich an die Außenwand des Stalls, nahe der Tür, um von den beiden nicht gesehen zu werden.
»Und wenn ihr Feuerherz verkauft?«, fragte Thomas Schulz. »Der bringt euch sicher eine Menge Geld ein.«
Franzi hörte, wie Herr Frankenberg seufzte. »Wir haben ihn gezüchtet und großgezogen. Außerdem kann ich das den Mädchen nicht antun. Ich hab jetzt fast alle Pferde verkauft. Aber Feuerherz behalten wir. Wenn er das Turnier gewinnt, fahren wir auch ein ordentliches Preisgeld ein.«
»Franzi, wo bleibst du denn?«, rief Kim.
Ihre Freundinnen waren mit Isa und Paul schon bei der Koppel angekommen. Franzi hatte genug gehört. Sie sah, wie Frau Frankenberg mit einem Werkzeugkoffer wieder aus dem Haus kam, und lief schnell zur Wiese.
Marie nahm ihr die Flasche und die Gläser aus den Händen und stellte sie auf einen Baumstumpf.

»Ist das Fohlen von Feuerherz?«, fragte Kim.
Isa strich Wirbelwind über den Kopf. »Ja, genau. Es hat das Temperament seines Vaters und das Kuschelbedürfnis seiner Mutter.«
»Was ist denn hier passiert?« Ein blonder junger Mann, den Franzi auf Mitte zwanzig schätzte, kam zur Koppel gelaufen.
»Das ist Benjamin König, unser Pferdepfleger«, erklärte Isa und brachte ihn auf den neuesten Stand.
»Kann es sein, dass dein Onkel Geldsorgen hat?«, fragte Franzi Paul leise.
»Ja, das ist möglich. Viktor und mein Vater haben nicht viel miteinander zu tun, deshalb weiß ich es nicht so genau.«
Marie hatte Franzis Frage gehört. »Auf den zweiten Blick ist mir auch aufgefallen, dass das Gestüt schon mal bessere Zeiten gesehen haben muss«, flüsterte sie. »Auf den ersten Blick sieht alles wunderschön aus, aber die Fassade am Haus bröckelt und im Stall sind die Fenster zum Teil kaputt.«
Franzi erschrak. »Guckt mal, Bella humpelt!«
»Sie hat eine Wunde am Bein«, stellte Paul bei genauerem Hinsehen fest. »Das muss auf jeden Fall von einem Arzt behandelt werden.«
Wirbelwind hüpfte an Franzi vorbei. »Wir machen deine Mama wieder fit.«
»Was muss ein Arzt behandeln?« Isas Vater war dazu gekommen.
»Bella hat eine Wunde am Bein«, berichtete Paul. »Sie muss unbedingt verarztet werden, vielleicht sogar genäht.«

Erst jetzt sah Franzi, dass aus der Wunde Blut tropfte.
»Unser Tierarzt ist im Urlaub. Paul, kannst du das nicht machen?«, fragte sein Onkel.
»Paul kann schon echt viel«, schaltete sich Franzi ein. »Aber ich weiß von meinem Vater, dass die Versorgung einer Wunde am Bein nicht ohne ist. Das Pferd könnte beispielsweise austreten.«
»Du hast recht, Franzi.« Viktor Frankenberg fuhr sich mit der Hand über die Wange.
»Soll ich meinen Vater fragen?«, schlug Franzi vor.
Paul lächelte. »Ich kann Herrn Winkler nur empfehlen.«
»Gut, ja, was sein muss, muss sein«, entschied Viktor Frankenberg.
Franzi holte ihr Handy aus der Tasche und rief ihren Vater an.

Eine Stunde später war der Stall wieder repariert. Der Tierarzt kam auf den Hof gefahren.
Nachdem er sich Bellas Bein angesehen hatte, konnte er Entwarnung geben. Zum Glück musste nicht genäht werden. Herr Winkler desinfizierte die Wunde und legte mit Pauls Hilfe einen Verband an. Bella ließ sich das alles gefallen.
Die drei !!! beobachteten das Ganze von einem Heuballen aus, auf dem sie sich niedergelassen hatten.
»Meint ihr, Bella ist einfach so ausgebüxt?«, fragte Franzi. »Hat jemand aus Versehen die Tür offen gelassen?«
»Es sind zwei Türen«, überlegte Kim. »Die zur Box und die vom Stall. Es wäre auf jeden Fall fahrlässig.«

Marie stand auf, um das Schloss der Box zu überprüfen. Sie schob den Riegel hin und her und ruckelte vorsichtig daran herum. »Das Schloss ist vollkommen intakt.«
»Das spricht also für ein vorsätzliches Freilassen«, meinte Kim. »Aber wer hat etwas davon?«
Kims Überlegungen wurden von Franzi unterbrochen. Sie war aufgesprungen und zeigte auf etwas Glänzendes, das aus dem Holz der Pferdebox-Tür ragte und glitzerte. »Was ist das denn?«
Bella schnaubte.
»Franzi, bitte nicht so hektisch«, mahnte Herr Winkler, der gerade konzentriert den Verband an Bellas Vorderbein befestigte.
Paul stand daneben und reichte ihm Klammern, während Isa Bellas Rücken streichelte.
Auch Kim und Marie hatten sich erhoben.
»Das ist eine Schraube und sie glänzt wie neu«, stellte Franzi fest.
Marie sah sich um. »Sonst sieht hier gar nichts aus wie neu. Die Wände sind ganz schön schmuddelig. Kein Glanz weit und breit. Bis auf die Pferde natürlich.«
»Die Schraube steckt nicht richtig im Holz«, überlegte Kim.
»Und ist an dieser Stelle auch total überflüssig«, fügte Marie hinzu. »Hier muss doch gar nichts zusammengehalten werden.«
»So, Bella ist versorgt.« Herr Winkler stand auf und klopfte sich das Stroh von den Knien.

»Papa, schau mal, kann es sein, dass Bella die Verletzung von dieser Riesenschraube hier hat?« Franzi deutete auf den spitzen Gegenstand, der mehrere Zentimeter aus dem Holz ragte.
»Ja, das ist möglich«, sagte Herr Winkler nachdenklich.
»Sie ist auf jeden Fall auf der Höhe, auf der auch die Wunde am Bein ist«, stellte Kim fest.
Viktor Frankenberg kam in den Stall. »Danke, Herr Winkler, dass Sie so schnell kommen konnten.«
»Gerne. Der Verband müsste morgen noch mal gewechselt werden.« Franzis Vater packte das Desinfektionsspray in seine große Arzttasche. »Das kann vielleicht auch Paul übernehmen?«
»Ja, sehr gerne!«, antwortete Paul.
»Super.« Herr Frankenberg zog sein Portemonnaie aus der Hosentasche und klappte es auf. »Was bekommen Sie von mir?« Er stockte. »Oder kann ich Ihnen das Geld auch überweisen?«
»Kein Problem. Ich lasse Ihnen eine Rechnung zukommen.« Herr Winkler drehte sich zu seiner Tochter. »Soll ich euch mitnehmen?«
»Wir fahren mit Paul«, sagte Franzi schnell und drehte sich zu ihm um. »Geht doch klar, oder?«
Paul nickte.
Franzis Vater verabschiedete sich von Herrn Frankenberg, stieg in seinen Wagen und fuhr vom Hof.
Viktor Frankenberg klopfte Bella auf den Hals. »Dann ruh dich mal schön aus von dem ganzen Stress.«

»Herr Frankenberg, wir würden Ihnen gern etwas zeigen.« Franzi deutete auf die Schraube. »Bellas Verletzung könnte davon kommen. Vielleicht ist sie, kurz bevor sie Reißaus genommen hat, dagegengestoßen.«
»Haben Sie die in das Holz gedreht?«, fragte Marie, während sie sich ihre langen Haare auf dem Kopf zu einem Dutt zwirbelte.
Herr Frankenberg schüttelte den Kopf. »Benjamin, kannst du mal kommen?«
Benjamin, der gerade Feuerherz in seine Box gebracht hatte, kam näher.
»Weißt du, wie die da reinkommt?«
Benjamin zog die Stirn kraus. »Nein, warum?«
»Das Holz hat frische Splitter, die Schraube glänzt, als wäre sie neu«, sagte Kim. »Wer könnte das gemacht haben?«
In die Stille hinein wieherte Feuerherz. »Deine Salbe bekommst du gleich, Feuerherz.« Benjamin zuckte mit den Schultern. »Ich kann mir das nicht erklären.«
»Siehst du die Schraube zum ersten Mal?«, wollte Kim wissen.
Benjamin nickte. »Mit Schrauben habe ich nichts zu tun, aber ich würde Feuerherz gerne mal mit der Salbe einschmieren.«
»Alles klar.« Franzi drehte sich zu Herrn Frankenberg. »Hat noch jemand Zugang zum Stall?«
Viktor Frankenberg schüttelte nachdenklich den Kopf.
Die drei !!! nickten sich zu, dann zog Franzi ein kleines silbernes Etui aus ihrem Beutel. Sie klappte es auf und holte ein Kärtchen heraus, das sie Herrn Frankenberg überreichte.

»Wir würden Ihnen sehr gern helfen, die Vorfälle aufzuklären!«, sagte Franzi entschlossen.
Herr Frankenberg nahm eine braun geränderte Brille aus seiner Hemdtasche und setzte sie auf. Interessiert betrachtete er die Karte. »Ihr seid Detektivinnen?«
»Ja, und wir haben bereits über achtzig Fälle erfolgreich gelöst«, erklärte Kim. »Darunter waren auch mehrere Fälle auf Reiterhöfen.«
»Im In- und Ausland – und in der Stadt und auf dem Land«, ergänzte Marie.
»Dann seid ihr ja bestens qualifiziert.« Herr Frankenberg lächelte. »Aber es könnte natürlich auch sein, dass das alles Zufälle waren.«
»Das kann man natürlich nicht ausschließen«, sagte Kim in professionellem Ton. »Aber es spricht einiges für Sabotage. Die Schraube könnte absichtlich ins Holz gedreht worden sein, um Bella eine Verletzung zuzufügen.«
»Und dass Bella einfach so ausbüxen konnte, weil jemand ver-

gessen hat, beide Türen zu schließen, glauben wir auch nicht«, fügte Marie hinzu.
Viktor Frankenberg überlegte.
»Wenn wir herausfinden, wer dahintersteckt, können wir auch Schlimmeres verhindern«, meinte Marie.
Isa, die Bellas Mähne kämmte, hatte zugehört. »Das klingt logisch. Ich finde, wir sollten das Angebot annehmen.«
»Ich kann euch wahrscheinlich sowieso nicht davon abhalten?« Viktor Frankenberg sah die drei Freundinnen fragend an.
Entschieden schüttelte Franzi den Kopf.
»Na gut, aber bitte seid vorsichtig und tut nichts Verbotenes«, sagte Herr Frankenberg und steckte die Visitenkarte in seine Hemdtasche.

Verschwunden

»Wir und was Verbotenes tun, so was würden wir nie machen«, sagte Kim zwei Stunden später, während sie die Schraube aus Bellas Box in einer Plastiktüte auf den Tisch legte, sich ein Stück Käse stibitzte und in ihrem Mund verschwinden ließ.
Frau Winkler stellte dampfendes Brot auf den Tisch. »Haben wir Mäuse, die den Käse klauen?«
Mit Unschuldsmiene schüttelten die Detektivinnen den Kopf, und als Frau Winkler sich wieder wegdrehte, schnappten drei Hände nach Käsewürfeln.
»Ich muss noch einen Schokokuchen für Frau Herrenberg backen, sie feiert morgen ihren Vierzigsten. Wenn ihr mehr Käse braucht, er ist in der mäusefreien Vorratskammer.« Frau Winkler grinste und verschwand in Richtung ihrer Küche.
Marie nahm den Brotkorb und verteilte das frisch gebackene Brot. Kim bestrich eine Scheibe mit Butter.
»Mmh, warmes Brot mit Butter ist so lecker!«
»Stimmt«, nuschelte Marie mit vollem Mund.
»Dazu Käse.« Kim steckte sich noch ein Stück in den Mund.

»Und Zitronenlimonade.« Marie nahm einen Schluck. »Eine gute Mischung.«

»Ich habe mit Paul und Isa gar nicht mehr über Feuerherz' Futtermischung gesprochen«, fiel Franzi ein.

»Na ja, bei dem Trubel war das ja auch kein Wunder.« Marie spießte ein Stück Käse auf die Gabel und zeigte auf die Schraube. »Wer hat die bloß ins Holz gedreht? Es ist so fies, dass da jemand Bella womöglich absichtlich verletzen wollte.«

»Verletzt hat«, korrigierte Kim. »Es waren übrigens Fingerabdrücke darauf, allerdings sind sie ein bisschen verwischt. Ich habe sie aber gesichert.«

»Gut.« Franzi überlegte. »Was ist, wenn doch alles Zufall war? Oder meint ihr, dass sowohl die Schraube als auch die offenen Türen und vielleicht sogar die Sache mit dem Balken geplant waren?«

»Wenn, dann war es jemand, der den Frankenbergs unbedingt schaden will.« Kim nahm sich noch ein Brot und rollte das weiche Innere zu einer Kugel. »Vielleicht ein Konkurrent, der auch scharf auf den Turniersieg ist?«

»Aber die Schraube war nicht in der Box von Feuerherz«, überlegte Franzi. »Und Bella tritt ja gar nicht an. Und ihr Fohlen auch nicht.«

»Wenn es einen Täter oder eine Täterin gibt, was ich glaube, müssen wir ihn oder sie schnell finden. Nicht, dass er oder sie Feuerherz noch etwas antut«, erklärte Marie. »Oder dem süßen Fohlen.«

»Ich hab mir die Boxen alle noch mal ganz genau angeschaut,

und Benjamin hat versprochen, alles gut abzuschließen heute Abend«, sagte Franzi.
»Denkt ihr, dass Benjamin etwas damit zu tun hat?«, fragte Marie.
»Auf keinen Fall.« Kim steckte sich die Brotkugel in den Mund. »Dann fahre ich jetzt nach Hause und bin morgen nach dem Frühstück wieder hier.«
»Ich auch.« Marie drückte Franzi einen Kuss auf die Wange. »Träum schön! Vom Sonnenuntergang, dem du entgegenreitest.«
Kim hob mahnend den Finger. »Und neben dir reitet der Richtige! Du weißt, wer!«
Franzi lachte, aber eigentlich war ihr nicht danach zumute.

Detektivtagebuch von Kim Jülich
Donnerstag, 21:11 Uhr

Die drei !!! haben einen neuen Fall. Heute haben wir erfahren, dass Pauls Cousine Alexandra olympisches Gold im Springreiten gewonnen hat. Und zwar auf dem berühmten Hengst Feuerherz, den ich zwar nicht kannte, aber Franzi natürlich schon.
Paul hat uns zum Gestüt Frankenberg mitgenommen, und kurz bevor wir dort ankamen, wären wir fast in einen Unfall verwickelt worden. Die Stute Bella ist uns beinahe auf die Windschutzscheibe gesprungen. Wenn ich daran denke, fange ich schon wieder an zu zittern. Zum Glück hat Franzi rechtzeitig Stopp geschrien. Paul hat seinen Führerschein erst vor einigen Tagen bestanden und superschnell reagiert. Franzi ist es dann auch noch gemeinsam mit Pauls Cousine Isa (Alexandras Schwester) gelungen, Bella zu beruhigen und einzufangen.

Anschließend durften wir beim Training zusehen, denn in wenigen Tagen findet ein wichtiges Turnier statt. Viktor Frankenberg, der Vater von Isa und Alexandra, ist gleichzeitig ihr Trainer.
Wir haben bemerkt, dass es in der Familie Spannungen gibt. Es scheint noch nicht entschieden zu sein, welche der Schwestern mit Feuerherz zu dem Turnier fährt. Alexandra war ganz schön beleidigt, als Isa weitertrainieren sollte und nicht sie. Die beiden wirkten gar nicht wie Schwestern, eher wie Konkurrentinnen. Ich kenne das nicht, weil ich keine Schwester habe, aber Ben und Lukas streiten auch ständig und wollen immer in allem besser sein als der andere.
Während Isa trainiert hat, ist im Stall ein Balken von der Decke gekracht. Alexandra war gerade mit Bella und ihrem Fohlen Wirbelwind in deren Box. Zum Glück wurde niemand schwer verletzt. Allerdings ist uns dann aufgefallen, dass Bella am Bein geblutet hat. Und zwar vermutlich durch eine Schraube, die in ihrer Box in der Holztür steckte. Wir glauben, dass es kein Zufall war und jemand absichtlich diese Sabotage-Akte verübt hat.
Franzi hat mitgehört, dass Viktor Frankenberg Geldsorgen hat.
Und seine Frau Stefanie, die Mutter von Isa und Alexandra, wirkte ziemlich ängstlich. Dafür war Benjamin, der Pferdepfleger, so nett und entspannt. Genau wie Thomas Schulz, ein Freund der Familie. Er hat Viktor Frankenberg sofort geholfen, den Stall zu reparieren.
Es stellt sich trotzdem die Frage, warum die Boxentür und die Stalltür offen waren, sodass Bella ausbüxen konnte. Und warum war da diese Schraube? Und wieso ist der Balken von der Decke gekracht?
Morgen fahren wir mit Paul direkt nach der Schule noch mal zum Gestüt. Er wird Bellas Verband wechseln, und wir wollen nach Fingerabrücken suchen und Isa und Benjamin befragen, ob ihnen etwas aufgefallen ist.

Geheimes Tagebuch von Kim Jülich
Donnerstag, 21:29 Uhr

► Dieses Tagebuch ist strengstens geheim!!! Wer trotzdem weiterliest, wird in seiner Brotbox demnächst nur noch saftige Pferdeäpfel finden!!! ◄
Es machte Knall, da war ein neuer Fall, in einem Stall. Gut, ich gebe zu, dass ich keine Dichterin bin. Aber das muss ich ja auch nicht sein. Ich möchte aber so gern Schriftstellerin werden!!! Gerade habe ich mit David telefoniert. Er hat mir gesagt, dass ich doch schon eine Schriftstellerin bin. Aber in dem Wort *Schriftstellerin* ist ja auch das Wort *stellen* enthalten, wie ausstellen, und unser Buch ist ja nicht ausgestellt und wird es vielleicht auch nie. Doch ich möchte es trotzdem gern zu Ende schreiben. Endlich muss das Happy End her!!! Wenn ich Davids Stimme höre, vermisse ich ihn gleich noch mehr, dann brennt Feuer in meinem Herzen. Ha! Vielleicht bin ich doch eine Poetin?! Nein, aber ich finde den Namen Feuerherz so schön. Vielleicht sollten David und ich das entführte Einhorn Feuerherz taufen. Oder Feuerhorn?
Ach, es ist so schön, dass David und ich zusammen schreiben können.
Ich kann Marie total verstehen, dass sie mit Holger nicht Mathe lernen möchte. Das ist ja wirklich etwas anderes, als zusammen eine Geschichte zu schreiben. Vorhin habe ich meine Mutter gefragt, ob sie jemanden kennt, der Holger Nachhilfe geben könnte. Sie hat wohl schon eine Idee.
Ich bin müde und muss jetzt tatsächlich noch Mathehausaufgaben machen. Hoffentlich gibt es da auch gleich ein schnelles Happy End. Genauso bei Franzi und Blake!!!

Nach einer weiteren Autofahrt mit lauter Musik von den *Boyzzzz* und noch lauterem Gesang von Kim und Marie kamen sie am nächsten Tag auf dem Gestüt Frankenberg an. Paul holte Herrn Winklers Arzttasche aus dem Kofferraum.

»Wo sind denn alle?«, fragte Franzi.
»Stimmt, es ist so ruhig hier.« Marie drehte sich einmal im Kreis.
Kim deutete zur leeren Koppel. »Sind die Pferde bei dem schönen Wetter in ihren Boxen?«
»Kann ich mir nicht vorstellen.« Franzi machte ein paar Schritte Richtung Stall. Vorsichtig spähte sie hinein. »Hallo?«
Leises Wiehern war die Antwort. »Bella?« Franzi betrat den Stall und guckte durch die Gitterstäbe von Bellas Box. »Bella und Wirbelwind sind hier!«, rief sie ihren Freundinnen zu.
Kim, Marie und Paul kamen in den Stall gelaufen.
Paul öffnete die Box. »Franzi, hilfst du mir mit Bellas Verband?«
»Klar, gerne.« Franzi wurde rot und merkte, wie ihre Freundinnen ihr zuzwinkerten. Sie warf ihnen einen genervten Blick zu.
»Hallo, Wirbelwind«, rief Marie und schob sich an Franzi vorbei. Diese drehte sich wieder zu Bella und sah der Stute in die Augen, während Paul sich Einmalhandschuhe überstreifte.
»Wie geht es dir denn heute, Bella?«
Ein Wiehern war die Antwort.
Paul lachte und holte eine stumpfe Schere hervor. Vorsichtig entfernte er den Verband, während Franzi beruhigend über Bellas glänzende schwarze Mähne strich. »Du bist eine sehr vorbildliche Patientin«, lobte Franzi die Stute.
»Die Wunde sieht gut aus«, erklärte Paul. »Ich desinfiziere sie noch mal und dann machen wir einen neuen Verband.«

Franzi und Paul arbeiteten Hand in Hand, und Franzi war froh, dass ihre beiden Freundinnen von Wirbelwind abgelenkt waren. Seine Mähne stand strubbelig in alle Richtungen ab.
»Bist du süß!« Marie kicherte.
»Hallo, ihr vier!« Mit roten Wangen und verschwitzten Haaren kam Isa in den Stall gerannt. »Habt ihr Feuerherz gesehen?«
»Was? Nein!« Franzi ließ vor Schreck eine der Verbandklammern ins Heu fallen. »Ist er weg?«
»Ja, heute Morgen war er noch da«, berichtete Isa atemlos. »Meine Eltern hatten einen Termin in der Stadt und ich habe mich von unserem Morgentraining ausgeruht. Als ich in den Stall kam, war er weg.«
»Könnte deine Schwester mit ihm ausgeritten sein?«, erkundigte sich Kim.
Isa zeigte auf einige Sättel, die über einem Holzbalken am Ende der Stallgasse hingen. »Nein, ohne Sattel reitet sie nicht. Als ich vor ungefähr zehn Minuten hier reinkam, war die Box offen, genau wie gestern, als Bella verschwunden ist.« Isa war den Tränen nah. »Ich hatte sie aber zugemacht, ganz sicher.«
»Ein Pferd kann man ja auch gar nicht so leicht stehlen, und dann noch Feuerherz.« Kim, die neben Wirbelwind gehockt hatte, stand auf und klopfte das Heu von ihren Knien.
Franzi suchte nach der Klemme für Bellas Verband. Paul wühlte ebenfalls im Heu herum. Ihre Finger berührten sich und Franzi hatte einen kurzen Moment das Gefühl, dass tausend Pferde in ihrem Bauch galoppierten.

»Ich hab sie«, nuschelte Paul und befestigte die Klemme.
Franzi sprang auf. »Wo sollen wir suchen?«
Ein Auto kam auf den Hof gefahren. Isas Eltern stiegen aus. Sie begrüßten die drei !!!. Frau Frankenberg eilte zu ihrer Tochter und nahm sie in den Arm. »Mein Schatz.«
»Gibt es etwas Neues?«, fragte Herr Frankenberg.
Isa löste sich aus der Umarmung und schüttelte den Kopf. »Wo ist denn Benjamin?«
»Er wollte irgendwas erledigen«, wusste Frau Frankenberg. »Und wo ist Alexandra?«
»Keine Ahnung.« Isa zuckte mit den Schultern. »Ich erreiche sie auch nicht.«
Ein weiterer Wagen kam durch die Toreinfahrt. Thomas Schulz stieg aus. »Viktor, gut, dass du mich angerufen hast. Ich helfe euch beim Suchen.«
»Wir sollten uns aufteilen«, schlug Franzi vor.
»Gute Idee.« Thomas Schulz nahm einen Schluck aus seiner Wasserflasche und warf sie zurück ins Auto. »Ich würde den Wald absuchen.«
»Wir kommen mit«, sagten die drei !!! wie aus einem Mund.
»Und wir fahren die Straßen ab und suchen auf den Wiesen«, entschied Herr Frankenberg. »Paul und Isa, kommt ihr?« Er warf den drei !!! ein Schlüsselband mit mehreren Schlüsseln zu. »Könnt ihr den Stall abschließen?«
»Machen wir!«, versicherte Marie.
Kurz darauf bretterten Herr und Frau Frankenberg mit Isa und Paul vom Hof.

Sorgfältig verschloss Marie Bellas Box. Anschließend machte sie auch die Stalltür zu und überprüfte durch mehrmaliges Drücken der alten Messingklinke, ob sie auch wirklich abgeschlossen war.
»Steigt ein«, sagte Thomas Schulz. »Wir fahren mit dem Auto, das geht schneller.«
Konzentriert starrten die drei !!! während der Fahrt aus dem Fenster, aber leider gab es weit und breit keine Spur von Feuerherz.
Franzi saß auf dem Beifahrersitz. Von der Seite sah sie kurz Herrn Schulz an. In seiner Hemdtasche klemmte ein grasgrüner Kugelschreiber mit einer Weizen-Ähre drauf. »Wo arbeiten Sie eigentlich?«
»Ihr könnt mich ruhig duzen. Ich bin Immobilienmakler, aber ich überlege, mir mal eine Auszeit zu nehmen. Ich möchte ein Buch schreiben«, erklärte Herr Schulz und rückte seine Kappe zurecht.
»Ach, das ist ja interessant«, sagte Marie von hinten. »Kim schreibt auch gerade ein Buch. Vielleicht kann sie dir ein paar Tipps geben.«
Kim wurde rot. »Na ja, worüber schreibst du denn?«
Plötzlich bremste Schulz ab und fuhr auf einen Waldweg. »Ich hab da gerade etwas gesehen.« Er parkte den Wagen am Rand des Weges. Die drei !!! sprangen aus dem Auto und rannten los.
»Hier ist kein Pferd«, ächzte Kim, als sie bei einer Weggabelung ankamen. »Wir sollten systematisch suchen.« Sie studier-

te eine Landschaftskarte, die in einem Kasten für Wanderer und Spaziergänger hing. »Wir können erst hier nach Norden gehen, dann in diese Richtung zu der Lichtung.«
Thomas Schulz nickte. »So machen wir es.«
Der Waldboden war aufgrund des heißen Sommers sehr trocken, und auch jetzt, im Spätsommer, war es noch immer warm. Franzi deutete auf die vielen Tannennadeln. »Fuß- oder Hufspuren kann man hier nicht gut erkennen.«
Nach einer Weile wurde es etwas hügeliger und auf dem Weg lag Geröll. Marie rutschte beinahe aus, dann entdeckte sie etwas. »Guckt mal, dahinten ist ein kleiner Abhang.«
Vorsichtig liefen sie weiter und kamen auf einem Felsvorsprung an. Es ging mehrere Meter in die Tiefe. Franzi linste hinunter.
»Pass auf, Franzi«, zischte Kim.
In dem Moment löste sich ein Stein des Felsens und fiel nach unten. Franzi wollte zurückweichen, doch ihr Blick blieb an etwas Silbernem hängen, das unten auf dem Waldboden glänzte. »Ist das etwa der kleine Herzanhänger, den Feuerherz an seinem Zaumzeug trägt?«, fragte sie mit zittriger Stimme.
»Meint ihr, er ist da unten?« Marie ging auf die Knie und versuchte, so nah wie möglich an den Vorsprung heranzukommen.
Kim sah ihre Freundinnen entsetzt an. »Ihr wollt jetzt aber nicht sagen, dass er da runtergefallen ist, oder?«

In Sorge

»Ich schau nach.« Thomas Schulz zog die Schnürsenkel seiner Turnschuhe fest und gab Franzi sein Basecap. Dann begann er, den steilen Abhang nach unten zu klettern.
»Aber das ist doch gefährlich, ganz ohne Sicherung«, warnte Franzi.
»So etwas würdest du auch bringen, Franzi«, wandte Kim ein.
Sie legten sich mit dem Bauch auf den steinigen Boden und sahen nach unten.
Gespannt beobachtete Franzi, wie Thomas Schulz geschickt die Felswand hinunterkletterte. Einmal rutschte er mit dem Fuß ab, einige Steine krachten zu Boden. Mit den Händen hatte er jedoch einen festen Griff und der Fuß fand auch schnell wieder einen kleinen Vorsprung. Den letzten Meter sprang er.
»Und?«, rief Franzi ungeduldig von oben, aber es kam keine Antwort. Thomas Schulz verschwand unter dem Felsvorsprung aus ihrem Sichtfeld.
Franzi schossen schreckliche Gedanken durch den Kopf. Feuerherz durfte nicht da unten sein.

»Was macht er denn jetzt?« Marie versuchte, noch weiter nach vorne zu robben, aber Kim hielt sie fest. »Feuerherz ist nicht da unten, da bin ich mir sicher.«
Schon kam Thomas Schulz wieder unter dem Felsen hervor. Er hielt etwas Glitzerndes zwischen Daumen und Zeigefinger. »Es ist ein Kronkorken, kein Herz. Keine Spur von Feuerherz!«
Erleichtert atmeten die Detektivinnen auf.
»Zum Glück! Aber wo ist er dann?« Franzi lehnte sich an den Stamm einer Birke. »Und eine Sache bringt mich auf die Palme!« Franzi sprang wieder auf.
Marie, die immer noch auf dem Bauch am Felsen lag, gab Thomas Schulz, der den Felsvorsprung wieder hochkletterte, Tipps. »Der Stein sieht gut aus, ja, der über der linken Hand.«
»Was regt dich denn so auf, Franzi?«, fragte Kim.
»Dass Leute Kronkorken in den Wald werfen!« Franzi schüttelte den Kopf. »Mittlerweile muss doch wohl jeder wissen, dass man seinen Müll nicht in die Natur wirft!«
»Da hast du recht!« Thomas Schulz kam über die Kante, stützte sich mit den Händen auf und zog sich nach oben. Er holte den Kronkorken aus seiner Tasche. »Immer wenn ich Müll in der Natur finde, sammele ich ihn ein.«

Zusammen mit Thomas Schulz hatten die Detektivinnen den ganzen Nachmittag den Wald und auch die umliegenden Wiesen und Felder abgesucht, aber bis auf etwas Müll und einige scheue Feldhasen waren sie nicht fündig geworden.
»Aber du hattest doch etwas gesehen, Thomas«, sagte Kim.

»Vermutlich ein Reh oder einen Hirsch«, überlegte Thomas Schulz, als sie durch die Toreinfahrt auf das Gestüt Frankenberg fuhren.

»Vielleicht ist Feuerherz ja mittlerweile wieder aufgetaucht?«, hoffte Franzi. Sie sprang als Erste aus dem Auto und rannte in den Stall. Leider war Feuerherz nicht da. Paul und Isa hockten auf einem Heuballen.

»Habt ihr ihn auch nicht gefunden?«, fragte Isa.

»Noch nicht mal Hufspuren. Nichts.« Franzi ließ sich neben Isa auf dem Heuballen nieder.

Wirbelwind wieherte.

»Das klingt so süß!« Franzi seufzte.

»Ihr solltet die Polizei einschalten«, sagte Kim.

»Mal abgesehen davon, dass Feuerherz da draußen vielleicht irgendwo in Gefahr schweben könnte – ein frei laufendes Pferd ist nicht ungefährlich«, ergänzte Marie.

»Kommt, wir sagen Herrn Frankenberg Bescheid.« Kim lief los.

»Danke, Thomas.« Draußen verabschiedeten sich gerade Thomas Schulz und Viktor Frankenberg. »Kein Ding, ich habe gern geholfen. Wenn ich noch etwas tun kann, melde dich jederzeit.« Thomas Schulz winkte den Freundinnen, stieg in seinen Wagen und fuhr vom Hof.

»Sie sollten die Polizei informieren«, riet Kim.

»Das wollte ich gerade tun.« Viktor Frankenberg holte sein Handy aus der Tasche.

»Wir haben einen sehr guten Draht zur Polizei«, berichtete

Franzi. »Mit Kommissar Peters haben wir schon oft erfolgreich zusammengearbeitet.«
»Ob das hier noch sein Einsatzgebiet ist?«, überlegte Marie.
»Das lässt sich schnell herausfinden.« Kim hatte ihr Handy bereits am Ohr. »Hallo, Herr Peters.« Sie entfernte sich einige Meter.
»Wo ist eigentlich Ihre Tochter Alexandra?«, fragte Franzi Herrn Frankenberg.
»Sie ist vorhin abgedampft und seither nicht erreichbar.« Herr Frankenberg verzog genervt das Gesicht.
»Abgedampft? Das klingt nach Ärger«, sagte Marie.
»Du hättest dich auch besser für sie entscheiden sollen.« Frau Frankenberg war aus dem Haus dazugekommen. »Sie ist die Stärkere.«
»Darf ich fragen, worum es geht?«, fragte Marie.
»Mein Vater hat uns vorhin verkündet, dass ich das Turnier reiten soll«, berichtete Isa, die in der Stalltür stand.
Kim hatte aufgelegt und kam wieder zu ihnen.
»Wir müssen uns jetzt auf die Suche nach Feuerherz konzentrieren.« Viktor Frankenberg wandte sich an Kim. »Was hat euer Bekannter bei der Polizei gesagt?«
»Er hat mir die Nummer seines Kollegen gegeben, der für diesen Landkreis zuständig ist.« Kim hielt Frankenberg ihre Hand hin, auf der sie die Nummer mit Kugelschreiber notiert hatte. Schnell tippte er sie in sein Handy ein und verschwand mit dem Telefon am Ohr im Haus. Seine Frau folgte ihm.
Franzi steckte die Hände in die Tasche ihrer Kapuzenjacke, da-

bei merkte sie, dass noch Müll aus dem Wald in den Taschen war. Sie lief zur Mülltonne und entleerte sie. »Dieser Thomas ist echt nett. Er ist vorhin im Wald sogar den Felsen hinuntergeklettert, weil unten etwas lag, das aussah wie der Herzanhänger von Feuerherz«, berichtete sie.
»Mein Vater und er sind schon ewig Freunde«, berichtete Isa. »Schön, dass sie sich wieder so gut verstehen.«
Marie horchte auf. »War das mal anders?«
»Ja, es gab Differenzen. Thomas hat meinem Vater vorgeschlagen, das Gestüt zu verkaufen. Finanziell sieht es nicht gut aus. Mein Vater hat Angst, dass wir das Gestüt irgendwann aufgeben müssen. Und ich auch. Das ist im letzten Jahr erst einem Bekannten im Nachbarort passiert. Auch er hatte mal ein Gestüt, ist aber durch unglückliche Umstände pleitegegangen. Der Hof wurde verkauft. Jetzt verfällt er immer mehr.« Isa seufzte. »Von dem Turnier verspricht mein Vater sich ein hohes Preisgeld. Das wäre toll, aber eigentlich möchte ich nur meinen Feuerherz zurück.« Sie kämpfte mit den Tränen. »Vielleicht habe ich die Tür doch nicht richtig geschlossen?«
Marie legte ihre Hand auf Isas Arm. »Du hast bestimmt nichts falsch gemacht.«
»Hallo. Warum seht ihr so traurig aus? Die Sonne scheint und es duftet nach frisch gemähten Feldern!« Benjamin kam mit dem Fahrrad auf sie zu. »Ich hab jetzt endlich die perfekte Bürste für Feuerherz.«
»Er ist weg!«, sagte Franzi. »Feuerherz ist verschwunden und wir haben ihn den ganzen Nachmittag gesucht.«

»Was?« Benjamin lehnte sein Rad an die Hauswand. »Warum habt ihr nicht angerufen?«
»Stimmt, hätten wir machen sollen.« Marie zupfte ein Taschentuch aus ihrer Tasche und gab es Isa.
»Danke, ich gucke mal, was mein Vater herausgefunden hat.« Isa verschwand im Haus.
»Isa muss ja nun wirklich kein schlechtes Gewissen haben«, meinte Marie.
»Das hat sie leider immer noch«, sagte Benjamin. »Hat euer Paul Bella schon den Verband gewechselt?«
»Du meinst Franzis Paul?«, scherzte Marie, die dafür einen bösen Blick von Franzi erntete.
Genau in diesem Moment kam Paul aus dem Stall. »Die Wunde sieht gut aus«, berichtete er Benjamin und verschwand im Wohnhaus.
»Aber was meinst du damit, dass Isa noch immer ein schlechtes Gewissen hat?«, hakte Marie nach.
»Na ja, ihre Behandlungskosten haben die Frankenbergs anscheinend finanziell fast ruiniert.«
»Welche Behandlungskosten?«, wollte Kim wissen.
»Ach, ihr wisst gar nichts davon?« Benjamin machte sich auf den Weg zum Stall, die drei Detektivinnen liefen neben ihm her.
»Nein. Ist sie krank?«, fragte Franzi besorgt.
»Nein, nein, alles gut. Aber sie war mal sehr krank.« Benjamin öffnete Bellas Box. Er holte Futter aus einem Eimer und schüttete es in ihren Trog. »Vor ein paar Jahren hatte Isa einen

schlimmen Unfall. Feuerherz hat sie abgeworfen und sie ist unglücklich gestürzt. Ein sehr langer Aufenthalt im Krankenhaus folgte, danach monatelang Reha. Ihre Mutter hat in der Zeit ihren Job verloren, weil sie jeden Tag bei ihr war.«

»Das ist ja heftig«, sagte Franzi und spürte einen dicken Kloß in ihrem Hals.

»Ja, sie ist wohl nur haarschaf einer Querschnittslähmung und dem Rollstuhl entgangen. Und es dauerte viele Monate, bis sie überhaupt wieder laufen konnte. Dass sie jetzt wieder so fit ist, grenzt an ein Wunder.«

Franzi schluckte. Sie musste an Blake denken, der sich vor ein paar Jahren bei einem Reitunfall so stark verletzt hatte, dass er fortan im Rollstuhl saß. Blake hatte sich von dem Schicksalsschlag nicht unterkriegen lassen und Franzi bewunderte ihn sehr dafür.

»Hat sich der Unfall kurz vor der Teilnahme an den Olympischen Spielen ereignet?«, fragte Kim, während sie half, einen großen Beutel mit Hafer über den Futtertrog zu halten.

»Und dann ist Alexandra eingesprungen?«, setzte Marie nach.

Benjamin nickte und nahm den Beutel wieder hoch. »Einige Monate davor. Während Frau Frankenberg jeden Tag bei Isa war, hat Herr Frankenberg mit Alexandra trainiert.«

»Und dann ist Alexandra groß rausgekommen«, sagte Marie.

»Was vermutlich nicht passiert wäre, hätte Isa nicht den Unfall gehabt.« Franzi hielt Wirbelwind eine kleine Möhre hin. »Denn Isa scheint mir eigentlich die Begabtere zu sein.«

»Und wie hat sich der Unfall ereignet?«, fragte Kim.

»Das weiß keiner genau. Isa und Alexandra waren zu dem Zeitpunkt allein in der Halle. Beide sagen, dass es einfach ein Unfall war.«

Franzi zog die Stirn kraus. »In welcher Reithalle?«

»Es gab mal eine, hier auf dem Gestüt. Da, wo jetzt der Gemüsegarten ist«, berichtete Benjamin. »Aber sie war in keinem guten Zustand, und letzten Herbst, bei dem starken Sturm, ist das ganze Dach abgetragen worden. Und dann hat Herr Frankenberg die Halle abreißen lassen.«

»Vermutlich hatte er kein Geld, um eine neue zu bauen?«, fragte Marie.

»Ja.« Benjamin seufzte. »Hoffentlich taucht Feuerherz wieder auf. Die Hoffnungen ruhen auf dem Turnier. Mein Job hier wird auch immer unsicherer.« Benjamin griff nach Bellas Halfter. »Könnt ihr kurz auf Wirbelwind aufpassen? Ich möchte kein Risiko eingehen und sie allein lassen, aber Bella muss mal ein bisschen bewegt werden.«

»Klar!« Franzi strich dem Fohlen über den zerzausten Rücken. »Wirbelwind, wollen wir spielen?«

»Danke!« Benjamin verließ mit Bella den Stall.

»Hart!«, sagte Marie. »Die Frankenbergs hatten es ja nicht leicht in der Vergangenheit.«

Kim zog ein rotes Etui aus ihrem Beutel und holte ein Döschen Grafitpulver hervor. Sie begann, den Griff von Feuerherz' Box einzupinseln, während Franzi den Boden nach Spuren oder Hinweisen absuchte.

»Glaubt ihr noch an Zufall?«, fragte Marie.

Kim und Franzi schüttelten die Köpfe.
»Irgendwer hat Feuerherz freigelassen oder entführt«, sagte Kim. »Und gestern Bella.«
»Bella wurde aber nicht entführt, nur freigelassen«, korrigierte Marie.
»Vielleicht ist Feuerherz also auch nur abgehauen, nachdem jemand einfach die Box geöffnet hat?« Kim steckte ihr Fingerabdruckset wieder ein. »Keine eindeutigen Abdrücke.«
»Und keine Hinweise.« Marie setzte sich auf den Heuballen. »Benjamin kann es ja nicht gewesen sein, oder?«
Franzi schüttelte den Kopf. »Aber um auf Nummer sicher zu gehen: Lasst uns schnell seine Abdrücke nehmen.«
Im Handumdrehen hatte Kim wieder das Fingerabdruckset parat und pinselte den Futtereimer ein, den Benjamin gerade befüllt hatte. Die Fingerabdrücke sicherte sie in ihrem Notizbuch. »Clubbesprechung mit Wirbelwind als Stargast?«
Franzi nickte. »Wirbelwind, alles, was hier besprochen wird, ist strengstens geheim.«
»Also: Die beiden Schwestern sind Konkurrentinnen«, fasste Marie zusammen. »Könnte Alexandra Feuerherz absichtlich freigelassen haben, damit ihre kleine Schwester ihr im Nachhinein nicht noch die Show stiehlt?«
»Möglich. Kann es vielleicht auch sein, dass Frau Frankenberg Alexandra insgeheim die Schuld an Isas Unfall gibt?«, überlegte Kim. »Es wirkt ein bisschen so, als würde sie Isa vor Alexandra schützen wollen.«
»Worüber redet ihr?« Alexandra stand plötzlich neben ihnen.

»Wir überlegen, wo Feuerherz ist«, sagte Marie schnell. »Er ist seit heute Nachmittag verschwunden.«
»Was?« Alexandra vergrub ihr Gesicht in den Händen. »Auch das noch!«
»Dürfen wir dich fragen, wo du warst?«, fragte Kim vorsichtig. »Wir haben den ganzen Nachmittag nach Feuerherz gesucht und dein Vater meinte, dass du nicht erreichbar warst.«
»Ihr denkt jetzt aber nicht, dass ich etwas mit seinem Verschwinden zu tun habe, oder?« Alexandra lachte laut. »Oh Mann!«
Ohne ein weiteres Wort lief Alexandra zum Wohnhaus.
»Glauben wir, dass sie es war?«, fragte Franzi ihre Kolleginnen.
»Ich nicht, sie war echt schockiert. Und so etwas muss man erst mal spielen können.« Marie, deren Vater Helmut Grevenbroich den Kommissar Brockmeier in der bekannten Vorabendserie *Vorstadtwache* spielte, war selbst sehr begabt und konnte andere Schauspieltalente schnell erkennen.
»Ich glaube es auch nicht. Aber sie hätte ein Motiv: Eifersucht!«, gab Kim zu bedenken.
»Wir sollten sie auf jeden Fall im Auge behalten«, entschied Franzi.
Kim grübelte. »Was ist mit Thomas Schulz?«, fragte sie vorsichtig.
»Also nein.« Marie schüttelte den Kopf. »Warum sollte er denn Feuerherz verschwinden lassen?«
Kim zuckte mit den Schultern. »Ich weiß nicht.«

»Er hat sich ja auch noch in Gefahr begeben, als er den Felsen hinuntergeklettert ist, um Feuerherz zu suchen.«

»Du hast recht«, sagte Kim und gähnte.

»Hey!« Paul kam durch die Tür. »Es wird dunkel, ich bin noch gar nicht so oft in der Dunkelheit gefahren und düse jetzt nach Hause, kommt ihr mit?«

Isa kam hinter Paul in den Stall. »Ihr wart eine so tolle Hilfe, ihr könntet auch hier schlafen. In meinem Zimmer.« Sie deutete auf die leere Pferdebox. »Ich möchte heute Nacht hier im Stall schlafen und auf Bella und Wirbelwind aufpassen.«

Franzi sah ihre Freundinnen mit leuchtenden Augen an. »Das wollen wir auch, oder?« Die beiden nickten.

Marie zog ihr Handy aus der Tasche. »Ich frage meinen Vater.«

»Ich rufe auch mal zu Hause an«, sagte Franzi. Sie und Kim wählten die Nummern ihrer Eltern.

»Meine Schwester und ich haben früher manchmal auf dem Heuboden geschlafen«, erklärte Isa, nachdem sie die Boxen gemeinsam ausgemistet und mit neuem Heu befüllt hatten. Mit Decken und Kissen machten sie es sich auf dem frischen Heu gemütlich.

»Was hat denn eigentlich dieser Kommissar Weber gesagt?«, wollte Kim wissen.

»Er hat die Meldung aufgenommen und auch eine Weile nach Feuerherz suchen lassen, aber er hat nichts gefunden.« Isa legte sich hin und schloss die Augen.

»Würde eigentlich eine Versicherung aufkommen, sollte Feuerherz nicht wieder auftauchen?«, fragte Marie.
»An so was darfst du doch gar nicht denken, Marie!«, tadelte Kim. »Er wird auftauchen!«
»Leider nein«, sagte Isa mit geschlossenen Augen. »Denn wir können nicht sicher nachweisen, dass die Stalltür wirklich richtig geschlossen war. Aber auch kein Geld der Welt könnte Feuerherz ersetzen.«
Franzi schloss ebenfalls die Augen. Sofort tauchte Paul in ihrem Kopf auf. Aber das Bild verschwamm, als Nächstes sah sie Blakes lachendes Gesicht. Verwirrt öffnete Franzi die Augen wieder. Sie versuchte sich auf den Fall zu konzentrieren. »Benjamin hat uns von deinem Unfall erzählt«, begann sie, aber Marie schüttelte den Kopf und deutete auf Isa, die schon eingeschlafen war.
»Wir machen morgen weiter, okay?« Franzi schloss wieder die Augen. Sie liebte es, im Heu zu schlafen. Es duftete herrlich, neben ihnen war das leise Schnaufen von Bella und Wirbelwind zu hören.
»Etwas piksig hier.« Seufzend legte Marie sich neben Franzi.
»Ach komm, es ist der größte Luxus, im Heu zu schlafen.« Franzi zwinkerte Marie zu. Sie beobachtete, wie ihre Freundin sich entspannte.
»Vielleicht hast du recht.«
Kim aktivierte die Taschenlampenfunktion ihres Handys. »Ich will nur noch kurz Tagebuch schreiben.«

Detektivtagebuch von Kim Jülich

Freitag, 22:33 Uhr

Unsere Herzen bluten: Feuerherz wird vermisst! Als wir heute nach der Schule zum Gestüt Frankenberg kamen, war er weg. Spurlos verschwunden. Im wahrsten Sinne des Wortes, denn wir haben bislang keine einzige Spur. Wir haben stundenlang bei der Suche nach Feuerherz geholfen, leider ohne Erfolg.

Während ich dies schreibe, höre ich ein Auto vom Hof fahren. Es ist sicher Viktor Frankenberg, der sich wieder auf die Suche nach Feuerherz macht.

Zum Glück geht es Bella besser. Franzi und Paul haben sie zusammen versorgt.

Für unsere Ermittlungen stehen jetzt folgende Fragen im Mittelpunkt:

1. Wurde Bella gestern und Feuerherz heute absichtlich freigelassen? Wir glauben ja und halten es für höchst unwahrscheinlich, dass zufällig beide Male die Türen nicht richtig geschlossen waren. Allerdings haben wir keine Beweise, dass die Pferde freigelassen wurden.
2. Wurde Feuerherz vielleicht sogar entführt?
3. Aber von wem? Ein so berühmtes Pferd kann man als Besitzer ja gar nicht geheim halten.
4. Möchte also jemand der Familie schaden? Vielleicht ein Konkurrent?
5. Welche Rolle spielt Alexandra? Sie sieht ihre Schwester Isa als große Konkurrentin an und hat heute erfahren, dass nicht sie, sondern Isa an dem wichtigen Turnier teilnehmen soll.

Neben der Suche nach Feuerherz müssen wir also unbedingt morgen Alexandra unter die Lupe nehmen und versuchen herauszufinden, wer der Familie Frankenberg schaden will.

Geheimes Tagebuch von Kim Jülich
Freitag, 22:59 Uhr

► TOPSECRET!!! Wenn du trotzdem weiterliest, musst du fortan jedes Wochenende in den Wald und Müll sammeln. – Nein, das ist zu nett und eigentlich richtig gut!!! Besser: Wer weiterliest muss auf einem Steckenpferd zur Schule reiten!!! Und anschließend in den Wald zum Müllsammeln! ◄
Ich bin hundemüde von der Pferdesuche und mache mir große Sorgen um Feuerherz! Außerdem vermisse ich David. Es wäre schön, wenn er auch hier wäre. In Gedanken ist er das natürlich. Vorhin hatte ich eine gute Idee für das letzte Kapitel, aber ich bin jetzt einfach zu erschöpft, um es aufzuschreiben. Stichwort: Einhornrettung und Wald!

Gute und schlechte Überraschungen

»Feuerherz!« Franzi lief über einen Hof. Blumenkästen zierten das Bauernhaus, vor der Eingangstür bellte ein Hund. Eine schwarze Katze kreuzte ihren Weg. Auf dem angrenzenden Feld grasten Kühe. »Feuerherz, bleib stehen!«, rief Franzi. Mit wehender Mähne verschwand der Hengst hinter einer Stallmauer. So schnell sie konnte, folgte Franzi ihm. Als sie um die Ecke bog, war Feuerherz verschwunden. Franzi reckte den Hals, konnte ihn aber nicht mehr sehen. Plötzlich fing alles an, sich um sie zu drehen. Zuerst verschwanden die Blumen, dann der Hund, die Katze, die Kühe. Und schließlich war der Hof nicht mehr bunt, sondern schwarz-weiß. Franzi wurde schwindelig, sie schlug die Hände über dem Kopf zusammen.

»Franzi, wach auf!« Kims leise Stimme drang zu ihr durch.

Sie schlug die Augen auf.

»Hast du etwas Schlimmes geträumt?«, fragte Kim leise.

Franzi wischte sich mit dem Ärmel ihrer Kapuzenjacke Schweiß von der Stirn.

»Ja, Feuerherz ist vor mir gelaufen, und als ich ihn fast eingeholt hatte, war er weg. Und der Hof plötzlich wie ausgestorben.«

»Interessant«, flüsterte Marie, die von den Stimmen ihrer Freundinnen wach geworden war. »Wenn wir den Traum deuten, weiß ich, wo wir suchen müssen.«

Marie glaubte an übersinnliche Kräfte, Franzi normalerweise nicht. Aber dieses Mal hatte sie das Gefühl, dass ihr Traum ihr vielleicht wirklich etwas sagen wollte. »Zu dem stillgelegten Hof im Nachbardorf?«

»Ja, warum nicht? Wenn man ein entführtes Pferd verstecken will, ohne dass jemand etwas davon mitbekommt, dann am ehesten dort«, sagte Kim.

»Das ist eine gute Idee.« Isa war jetzt auch wach und stand auf. »Kommt, wir fahren sofort hin.« Sie fischte einen Autoschlüssel aus der Hosentasche.

»Ohne Zähneputzen?«, fragte Marie zerknirscht.

»Mach dir keine Sorgen, wenn Feuerherz wirklich dort ist, hat er sich auch nicht die Zähne geputzt«, sagte Franzi.

Es war noch sehr früh, die Morgendämmerung setzte gerade erst ein. Die drei !!! stiegen mit Isa zusammen in deren Auto.

Sie fuhren über einen schmalen Feldweg. Die bereits gemähten Kornfelder sahen im schwachen Lichtschein karg und gespenstisch aus.

Vor der Einfahrt des alten Bauernhofes hielt Isa an. Ein verrostetes Tor versperrte die Durchfahrt. Sie stiegen aus. Es wurde jetzt langsam heller, aber Isa ließ die Scheinwerfer ihres Autos sicherheitshalber an. Franzi kramte eine Taschenlampe aus ihrem Rucksack. Der Lichtschein strahlte durch die Gitterstäbe auf den Hof.

»Da ist ein Vorhängeschloss am Tor«, fiel Marie sofort auf.

»Wann wurde der Hof aufgegeben?«, fragte Kim Isa.

Isa zog die Schultern hoch. »Vor einigen Monaten, ich weiß nicht mehr genau.«

Franzi horchte auf. »Habt ihr das auch gehört?«

»Was?«, fragte Kim panisch.

Franzi legte den Finger auf die Lippen. »Pst.«

Die vier lauschten.

»Ja, da ist was«, flüsterte Marie. »Ein Scharren.«

»Oder sind es Hufe, die über Betonboden laufen?«, fragte Franzi.

Isa lief zu den Metallstäben und ruckelte daran. »Feuerherz, bist du da drin?«

Marie befühlte das Schloss. »Es ist ganz neu.«

»Mist, wie sollen wir da reinkommen?« Isa zeigte auf die hohen Steinmauern, die das Grundstück umgaben. »Der Hof ist komplett von Ställen umgeben, die einzige Ausfahrt war hier.«

Marie holte ihr Dietrichset aus dem Beutel. Sie wählte einen kleinen Universalschlüssel und steckte ihn in das Schloss.

»Wow! Was machst du da?«, staunte Isa.

»Marie ist unsere Spezialistin im Knacken von Schlössern«, erklärte Kim.

Im selben Moment hatte Marie das Vorhängeschloss geöffnet. Kim drückte das Tor auf. Es knarrte.

Der Hof, den sie betraten, sah im Licht der Autoscheinwerfer unheimlich aus. Auf der rechten Seite befand sich ein altes Bauernhaus. Die Fensterscheiben waren teilweise kaputt, der Putz abgebröckelt. Eine Mülltonne lag mitten auf dem Hof, in einem Blumentopf war der vertrocknete traurige Überrest einer Pflanze zu erahnen. Auf der linken Seite befanden sich die Ställe. Plötzlich kam ein schwarzer Schatten auf sie zu.
»Ah!«, kreischte Kim und Maries Hand krallte sich in Franzis Arm fest.
Franzi hielt die Taschenlampe entschlossen in Richtung des Schattens und fröstelte. Grüne Augen leuchteten ihr entgegen, grüne Augen in schwarzem Fell. »Das ist nur eine Katze.« Franzi strengte sich an, ruhig zu klingen, aber ihr Herz pochte. Gerade noch hatte sie von einer schwarzen Katze geträumt, jetzt war sie hier. Auch wenn Franzi nicht an Übernatürliches glaubte, war sie froh, dass dieser Hof anders aussah als der in ihrem Traum. Sie zeigte auf einen der Ställe. »Lasst uns hier nachsehen.«
Auf leisen Sohlen näherten sich die Detektivinnen mit Isa dem Stall. Vorsichtig öffnete Franzi die Tür. Ein Windzug ging durch die Stallgasse und wirbelte herumliegendes Laub auf.
Mit ihrer Taschenlampe leuchtete Franzi in die erste Box, aber sie war leer.
Wieder war das Geräusch zu hören, dieses Mal ganz deutlich. Es kam aus der Nachbarbox.
»Was, wenn da irgendwas Unheimliches ist?«, wisperte Kim.
»Was sollte das denn sein?«, flüsterte Franzi. »Wilde Tiere,

die uns wirklich gefährlich werden können, werden sicher nicht in der Box lauern.«
»Los, lasst uns nachgucken«, sagte Marie entschlossen, wurde aber von Isa am Ärmel festgehalten. »Ich gucke. Ihr sollt euch nicht in Gefahr bringen.«
Aber Franzi hatte bereits die Tür der Box geöffnet und leuchtete ins Innere. Eine helle Flamme strahlte ihr entgegen. Die Blesse von Feuerherz!
»Feuerherz! Hier bist du!«, rief Franzi erleichtert.
Sofort waren Kim, Marie und Isa neben ihr.
»Ich bin so froh!« Isa umarmte ihr Pferd.
Auch Franzi war so erleichtert, dass sie zuerst Kim und dann Marie in die Arme fiel.
»Feuerherz wurde also entführt und hier versteckt«, schlussfolgerte Marie.
»Lasst ihn uns schnell wegbringen, ehe der Entführer zurückkommt.« Kim blickte sich panisch um.
»Wir sollten noch nach Spuren suchen«, sagte Marie und zog ein Fingerabdruckset aus ihrem Beutel. Zunächst bepinselte sie das Vorhängeschloss, das sie noch immer in der Hand hielt, und dann den Griff der Box. »Kim, komm, lenk dich ab und hilf mir.« Marie drückte Kim Klebeband in die Hand, das diese auf die sichtbar gewordenen Fingerabdrücke klebte. Dann zog sie ihr Notizbuch aus dem Beutel und sicherte die Abdrücke darin. »Schnelldiagnose: Benjamins Fingerabdrücke sind es nicht.«
»Er hat auch kein Motiv.« Franzi sah sich in der Box um. Feu-

erherz hatte Heu, Wasser und auch genug Futter. Sie suchte den Boden ab und wurde fündig: Etwas Goldenes lag neben dem Futtertrog. Franzi hob es auf. »Ein Ohrring mit einem grünen Anhänger.«
»So einen hat Alexandra auch«, sagte Isa leise.
Franzi holte die kleine Dose mit ihren Visitenkarten aus dem Beutel und sicherte den Hinweis. »So, und jetzt lasst uns schnell verschwinden.«
Als sie mit Feuerherz auf den Hof traten, schienen ihnen die ersten Sonnenstrahlen entgegen.
»Wir lassen das Auto hier«, entschied Isa.
»Wir sollten ein Stück entfernt parken, damit der Entführer nicht sofort weiß, dass du da warst?«, schlug Kim vor.
»Ja, das ist eine gute Idee.« Nachdem Isa das Auto umgeparkt hatte, machten sie sich mit dem Pferd in ihrer Mitte auf den Rückweg zum Gestüt Frankenberg.

Isa hatte ihre Eltern bereits von unterwegs angerufen. Aufgewühlt nahmen diese ihre Tochter und die drei !!! in Empfang.
»Wie kam Feuerherz da bloß hin?«, fragte Herr Frankenberg. »Und wie geht's ihm?«
»Ich finde, er wirkt ein bisschen müde«, meinte Isa. »Aber ansonsten konnten wir nichts feststellen.«
Benjamin kam auf den Hof geradelt. »Guten Morgen! Hey, Feuerherz! Da bist du ja wieder! Wie gut, dass ihr ihn gefunden habt! Wo war er?« Benjamin stieg ab und pflückte einen Löwenzahn, der zwischen dem Kopfsteinpflaster wuchs.

»Auf dem Lindenhof. In einer Box mit Futter. Das Tor war mit einem Vorhängeschloss gesichert«, erklärte Marie.
»Also wurde er wirklich entführt? Das ist ja unglaublich!« Benjamin hielt Feuerherz ein Löwenzahnblatt hin, aber das Pferd zögerte. »Was ist denn, mein Lieber?«, sagte Benjamin mit sanfter Stimme. Das Pferd schnaubte und schnappte sich das Blatt.
»Sie sollten Feuerherz von einem Tierarzt untersuchen lassen«, schlug Franzi vor. »Ich könnte meinen Vater noch mal fragen, ob er kommen kann?«
»Das wäre großartig, Franzi.« Frau Frankenberg lächelte. Sie zog ein Handy aus der Tasche und ging die Treppen zum Haus hinauf. »Ich rufe jetzt Kommissar Weber an und berichte ihm alles.«
»Wir haben auch noch verschiedene Hinweise, wie Fingerabdrücke, für ihn«, begann Franzi.
»Gut, die könnt ihr Herrn Weber ja später zur Verfügung stellen«, unterbrach Viktor Frankenberg Franzi. »Und ab jetzt ist Feuerherz keine Sekunde lang mehr allein, okay, Benjamin?« Er lief seiner Frau hinterher.
Benjamin nahm das Halfter und führte den Hengst zum Stall. »Komm, Feuerherz. Eine Runde Futter und dann Siesta.«
»Unsere Ermittlungen interessieren ihn gar nicht«, sagte Kim ernüchtert.
»Wahrscheinlich ist er zu gestresst«, überlegte Marie.
»Wir machen einfach weiter wie bisher«, entschied Franzi und holte ihr Handy aus der Tasche. »Hallo, Papa, wir brau-

chen dich ganz dringend auf dem Gestüt Frankenberg. Feuerherz ist wieder da und müsste mal durchgecheckt werden.« Sie lauschte ins Telefon. »Es gibt gerade Mamas selbst gebackene Croissants? Bring uns welche mit! ... Ja, super! Danke!« Franzi legte auf und grinste. »Er kommt. Mit einer Fuhre frischer Croissants.«

»Perfekt!«, freute sich Kim. »Es wäre sicherlich gut, wenn wir Herrn Frankenberg auch von dem Ohrring berichten.«

»Wir sollten sie zunächst selbst fragen«, schlug Isa vor und zeigte auf ihre große Schwester, die gerade mit einem Becher Kaffee die Treppen heruntergelaufen kam.

»Hallo!«, rief Alexandra. »Feuerherz war auf dem Lindenhof?«

»Überrascht dich das wirklich?«, fragte Marie.

»Wie meinst du das?« Alexandra zog die Stirn in Falten.

Franzi fischte das silberne Döschen aus ihrem Beutel und holte den Ohrring heraus. »Der lag in der Box, in der wir Feuerherz gefunden haben.«

»Das gibt es ja nicht!« Alexandra schüttelte den Kopf. »Das ist nicht meiner. Ich hab Feuerherz nicht entführt!«

»Und wo warst du gestern den ganzen Tag?«, fragte Kim.

»Wie ihr wisst, bin ich ja schon etwas länger erwachsen«, sagte Alexandra genervt. »Ich hab hier bei meinen Eltern zwar wie Isa noch ein Zimmer, aber ich habe auch eine Wohnung in der Stadt. Da war ich. Ich musste mich erst mal abregen und bin absichtlich nicht ans Telefon gegangen, als meine Familie mich angerufen hat.«

»Ich hab eine Idee, damit wir das schnell aus der Welt schaffen können«, sagte Kim. »Zeig uns doch deine beiden Ohrringe und dann ist alles gut.«

Alexandra und Isa tauschten einen Blick. »Du musst zugeben, dass dieser Ohrring-Fund etwas seltsam ist«, wiegelte Isa ab. »Wir haben Mama und Papa bis jetzt nichts gesagt. Aber Mama ruft gerade den Polizisten an, der sich die Box dann auch ansehen wird.«

»Wir möchten die Sache auch ungern vor der Polizei geheim halten«, gab Kim zu.

»Ich finde es unglaublich, dass ihr mich verdächtigt! Aber gut, ich hole die Ohrringe.« Genervt drückte Alexandra Isa den Kaffeebecher in die Hand und verschwand wieder im Haus.

»Komm, wir nehmen schnell ihre Fingerabdrücke von dem Kaffeebecher und vergleichen sie mit denen auf dem Vorhängeschloss«, schlug Kim vor.

Isa nahm den letzten Schluck Kaffee aus dem Becher und reichte ihn Kim.

Die Detektivinnen hatten in Windeseile Grafitpulver und Pinsel hervorgezaubert, die sichtbar gewordenen Abdrücke abgezogen und aufgeklebt. Sie beugten sich über das Notizbuch.

»Eindeutig«, murmelte Franzi.

»Wie meinst du das?«, fragte Isa unsicher.

»Die Abdrücke aus dem Stall vom Lindenhof und vom Vorhängeschloss sind nicht von Alexandra«, erklärte Kim.

Isa atmete auf.

»Das gibt es jetzt nicht.« Aufgelöst kam Alexandra mit einer

verzierten Schmuckdose aus Holz die Treppen herunter. »Es ist nur ein Ohrring drin!«
Die Detektivinnen warfen sich Blicke zu.
»Wo könnte der zweite denn sein?«, fragte Isa.
Alexandra zuckte mit den Schultern. »Ich habe keinen blassen Schimmer. Das müsst ihr mir glauben. Die Ohrringe habe ich ewig nicht getragen.«
»Komm, ich helfe dir beim Suchen«, schlug Isa vor.
Die beiden Schwestern verschwanden im Haus.
»Seltsam«, murmelte Franzi. Sie wusste nicht, was sie glauben sollte.
Von ihrem Vater, der durch die Toreinfahrt fuhr, wurde sie aus den Gedanken gerissen.
»Hier ist der Croissant-Lieferservice!«, rief Herr Winkler durch das geöffnete Autofenster. Er nahm die Tüte vom Beifahrersitz und reichte sie Franzi. Dann holte er seine Arzttasche aus dem Kofferraum. Franzi, Kim und Marie berichteten Herrn Winkler, was vorgefallen war. »Gut, dass ihr Feuerherz gefunden habt, aber hättet ihr das nicht den Profis überlassen können?«
»Wir sind doch Profis«, flüsterte Franzi ihren Freundinnen zu, dann drehte sie sich zu ihrem Vater. »Wir wollten Feuerherz keine Sekunde länger dort im Stall lassen, das wirst du doch wohl verstehen.«
Herr Frankenberg kam aus dem Haus. »Danke, dass Sie sich die Zeit genommen haben und extra zu uns rausgefahren sind, Herr Winkler.«

Während Herr Winkler den Hengst untersuchte, verteilte Kim die Croissants. »Mmmh, wie die duften!«
Frau Frankenberg kam dazu. »Ich treffe Kommissar Weber jetzt noch mal auf dem Lindenhof.«
Schnell zog Marie das Vorhängeschloss aus dem Beutel. »Das haben wir geöffnet.«
Kim machte mit ihrem Handy ein Foto der Fingerabdrücke, die sie in ihrem Notizbuch gesichert hatte. »Für Kommissar Weber. Ich kann die Bilder Isa schicken und die leitet sie an Sie weiter.«
Isa kam aus dem Haus und nickte. »Das mache ich.«
»Gut!« Frau Frankenberg fuhr los.
»Danke, dass ihr nichts vom Ohrring gesagt habt«, flüsterte Isa.
»Wir werden der Sache aber nachgehen«, kündigte Franzi ernst an und hielt Isa die Tüte mit den Croissants hin.
»Ja, klar, aber ich kann mir einfach nicht vorstellen, dass Alexandra das war.« Isa nahm ein Croissant. »Danke! Die duften ja himmlisch.«
Kim nickte kauend. »Das Gebäck von Frau Winkler wirkt immer.«
Isa zeigte zum Stall. »Hauptsache, Feuerherz geht es gut.«
»Und?«, fragte Herr Frankenberg ungeduldig, der zusammen mit Herrn Winkler aus dem Stall kam. »Spricht aus Ihrer Sicht etwas dagegen, dass Feuerherz beim Turnier antritt?«
Herr Winkler sah Herrn Frankenberg über den Rand seiner Nickelbrille an. »Ganz und gar nicht. Das Pferd ist in einem

guten Gesundheitszustand. Sie sollten ihn nur heute nicht zu stark belasten. So ein Erlebnis wie eine Entführung kann unter Umständen auch für ein Pferd traumatisch sein.«
»Immerhin war er die ganze Nacht da alleine in einem fremden Stall«, bestätigte Franzi voller Mitgefühl.
Zum Trost reichte Kim ihr ein zweites Croissant.
Herr Winkler lächelte seine Tochter an. »Kommt ihr mit nach Hause?«
»Wir kommen später, Papa. Mit Paul.« Franzi sah auf ihre Uhr. »Er wollte auch noch mal vorbeikommen und nach Bella schauen.«
»Ist ja super, dann muss ich das nicht machen.« Franzis Vater verabschiedete sich und stieg in sein Auto. »Zweites Frühstück – ich komme!« Fröhlich schlug er die Tür zu.
»Ich glaube, Paul ist meinem Vater echt eine richtige Hilfe«, schwärmte Franzi. »Er ist gerade so angenehm entspannt. Schade, dass sein Praktikum bald zu Ende ist.«
Die drei !!! winkten Franzis Vater, als dieser vom Hof fuhr.
»Komm, Isa, wir machen mal einen leichten Trainingsdurchgang«, sagte Herr Frankenberg.
»Ist das nicht zu früh?«, wandte Franzi ein.
Herr Frankenberg schüttelte den Kopf. »Wir gehen es ganz locker an.«
Eine Viertelstunde später saß Isa in ihren Reitklamotten auf Feuerherz' Rücken und sprang über den Hindernisparcours auf der Koppel. Jedes Mal, wenn sie auf den höchsten Balken zuritten, stoppte das Pferd ab und verweigerte.

Die drei !!! lehnten am Koppelzaun und beobachteten das Training.
»Er wirkt so ruhelos«, sagte Franzi besorgt.
»Ja, das finde ich auch.« Frau Frankenberg stand plötzlich neben ihnen. Sie kletterte durch den Zaun und ging zu ihrem Mann. »Viktor! Bitte hört für heute mit dem Training auf.«
»Gleich habe ich sowieso einen Termin.« Herr Frankenberg drehte sich wieder zu Feuerherz und Isa. »Wir probieren es noch mal.«
Gestresst lief Frau Frankenberg an den Freundinnen vorbei Richtung Haus.
Sie beobachteten gespannt den nächsten Versuch, aber auch der misslang. Feuerherz stoppte ab und scharrte mit den Hufen.
»Frau Friesmann ist da, Viktor!«, schallte Frau Frankenbergs Stimme über den Hof.
»Gut, dann machen wir für heute Schluss.« Mit ernstem Blick und großen Schritten verließ Herr Frankenberg die Koppel und ging auf eine Frau mit schulterlangen blonden Haaren zu, die gerade aus einem schwarzen Geländewagen stieg. Unter ihrem Arm klemmte ein Aktenordner. Herr Frankenberg reichte ihr die Hand. Eilig verschwanden sie im Haus.
»Was sie wohl hier will?«, fragte Marie.
»Ich weiß es auch nicht.« Isa stand neben ihnen und ließ Feuerherz allein über die Koppel laufen. »Hoffentlich erholt er sich schnell, sonst sieht es für das Turnier nicht gut aus.« Sie seufzte. »Ich will mir gar nicht ausmalen, was passiert, wenn wir nicht teilnehmen können.«

Alle Herzen für Feuerherz

»Hey, da sind ja die Heldinnen des Tages.«
Franzi erschrak, denn plötzlich stand Paul hinter ihr. »Seit wann bist du denn hier?«
»Seit zwanzig Minuten. Bellas Bein sieht gut aus.« Paul sah die Mädchen an. »Super, dass ihr Feuerherz gefunden habt! Ich bin verabredet und mach mich gleich wieder auf den Weg. Wollt ihr mitkommen?«
»Ja!«, sagte Franzi und drehte sich zu ihren Freundinnen. »Clubbesprechung?«
Marie und Kim nickten.
»Gut!« Paul wandte sich an seine Cousine. »Isa, du hattest mich doch nach Ernährungsempfehlungen gefragt: Habt ihr eigentlich in Zusammenarbeit mit dem Tierarzt die optimale Futtermischung für Feuerherz erstellt?«
»Ja, aber unser Tierarzt war schon länger nicht hier. Ich wollte nur wissen, ob es irgendwelche neuen Empfehlungen gibt.«
Paul schüttelte den Kopf. »Nicht dass ich wüsste.« Er sah Franzi fragend an.

»Ich optimiere Tinkas Futtermischung nur in Absprache mit meinem Vater. Er kennt einen Spezialisten auf dem Gebiet. Ich kann ihn mal fragen.«

Paul setzte die Detektivinnen auf dem Winklerhof ab. In einem alten Pferdeschuppen im hinteren Teil des Gartens hatten sie ihr Hauptquartier eingerichtet. Hier lagerten die Mädchen ihre Detektivausrüstung und Beweismaterial. In einer alten Pferdekutsche konnten sie besonders geheime Besprechungen abhalten.
»Ich sehe noch schnell nach Tinka, ihr könnt gern schon mal das Hauptquartier durchlüften«, rief Franzi und lief zur Koppel.
Tinka kam direkt zu ihr getrabt. »Na, Tinka, wie geht's dir?«
Tinka schnaubte.
»Dir würde es auch nicht gut gehen, wenn du eine Nacht woanders sein müsstest, oder?« Franzi nahm einen Apfel, der unter dem kleinen Apfelbaum auf der Wiese lag, und hielt ihn Tinka hin.
Tinka schnupperte daran und ließ den Apfel dann knackend im Maul verschwinden.
Franzi kontrollierte, dass genug Wasser im Trog war, und lief dann zu ihrem kleinen Kräuterbeet, das sie in der Nähe des Hauptquartiers angelegt hatte. Die Regentonne war leer, und so holte sie mit der Gießkanne Wasser aus dem Gartenanschluss. Damit wässerte sie Thymian, Krauseminze, Rosmarin, Pimpinelle und Waldmeister.

Mit einigen frischen Minzblättern in einer Wasserkaraffe betrat sie kurz danach das Hauptquartier.

Kim saß am Schreibtisch und brütete über ihrem Notizbuch.

»Ich verstehe das nicht. Warum lag der Ohrring da, der anscheinend ja wirklich von Alexandra ist? Die Fingerabdrücke stimmen null überein.«

»Alexandra könnte einen Komplizen haben«, überlegte Marie, die im Schneidersitz auf dem Boden saß. »Vielleicht hat sie selber gar nichts berührt und deshalb haben wir auch keine Abdrücke von ihr gefunden?«

»Ja, das ist möglich.« Franzi stellte die Karaffe mit dem Wasser auf den kleinen Tisch und holte drei Gläser aus dem Regal.

Marie goss Wasser ein. »Aber warum sollte Alexandra das Pferd entführen wollen? Ich verstehe das nicht. Nur aus Eifersucht? Sie hat doch bei den Olympischen Spielen schon einmal eine Medaille gewonnen.«

»Nicht jeder gönnt seiner Schwester alles«, gab Kim zu bedenken. »Du warst doch auch schon eifersüchtig auf Lina?«

»Nicht wirklich eifersüchtig, eher genervt. Außerdem kann man das nicht vergleichen. Lina und ich haben komplett unterschiedliche Interessen. Und wir sind keine Leistungssportlerinnen.«

Lina war Maries jüngere Stiefschwester. Linas Mutter Tessa war seit mehreren Jahren mit Maries Vater zusammen. Die beiden hatten einen gemeinsamen Sohn, Finn. Anfänglich hatte Marie öfter Stress mit Lina gehabt. Aber die Zeiten waren vorbei und mittlerweile verstanden die Geschwister sich gut.

Franzi ließ sich auf das Sofa fallen. »Wir sollten Frau Frankenberg unbedingt fragen, was dieser Polizist, Herr Weber, herausgefunden hat.«
»Stimmt, wir haben ihm ja auch unseren Ermittlungsstand mitgeteilt«, sagte Marie und trank einen Schluck Wasser.
»Bis auf den Ohrring«, ergänzte Kim. »Den haben wir unterschlagen.«
»Wir tappen ganz schön im Dunkeln«, stellte Franzi fest.
»Immerhin wissen wir, dass Feuerherz nicht einfach abgehauen ist«, räumte Kim ein. »Irgendjemand möchte den Frankenbergs schaden.«
»So ist es.« Marie nickte. »Feuerherz ist zwar wieder da, aber wir wissen nicht, was noch passieren wird. Der herabgestürzte Balken und die Schraube waren der Anfang.«
»Wir haben noch gar nicht die Fingerabdrücke von der Schraube mit denen verglichen, die wir auf dem Lindenhof und vom Vorhängeschloss genommen haben«, sagte Franzi.
»Stimmt.« Kim blätterte in ihrem Notizbuch.
Franzi und Marie sprangen auf und lugten ihr über die Schulter.
»Die sehen sich aber sehr ähnlich.« Kim deutete auf zwei Abdrücke. »Der Schwung dieser Linie ist doch identisch.«
»Ja, du hast recht. Sie könnten übereinstimmen.« Franzi grübelte. »Das verstärkt unsere Vermutung, dass jemand ganz gezielt den Frankenbergs schaden will.«
»Das ist sooo fies, wo sie sowieso schon Geldsorgen haben«, meinte Marie. »Übrigens glaube ich, dass die Frankenbergs auch keinen Tierarzt haben, weil sie so pleite sind.«

»Könnte es sein, dass zumindest der Balken von der Decke gefallen ist , weil auch der Stall renovierungsbedürftig ist?«, fragte Kim.
»Selbst wenn, das ändert nichts daran, dass die Frankenbergs gewaltig in der Klemme stecken.« Marie pustete sich eine Haarsträhne aus dem Gesicht.
»Gut, dass sie Paul haben. Über ihn sind sie ja an fachkundige Beratung gekommen. Wir müssen den Fall schnell lösen und ihnen helfen.« Franzi fischte das Minzblatt aus ihrem Glas und kaute darauf herum. »Meint ihr, er ist mit einem Mädchen verabredet?«
»Franziska Winkler«, sagte Marie in strengem Ton. »Darf ich dich daran erinnern, dass du einen Freund hast?«
Franzi seufzte. »Danke.«
»Ach, ich habe ja auch einen Freund«, rief Kim. Sie sah auf ihr Handy. »Oh! David hat geschrieben und fragt, ob ich Zeit habe.« Kims Wangen wurden rosa. »Natürlich habe ich Zeit!« Schnell tippte sie eine Antwort. »Wollen wir uns morgen Vormittag wieder treffen? Heute Abend muss ich leider auch früh zu Hause sein. Meine Mutter war die ganze Woche so viel unterwegs und jetzt soll es wenigstens am Wochenende ein gemeinsames Abendessen geben.«
»Kannst du sie noch mal wegen der Nachhilfelehrerin für Holger fragen?« Marie schnappte sich ihren Beutel. »Nach der Nacht im Heu würde ich gern mal wieder ein Bad nehmen.«
»Dann werde ich jetzt ein neues Rezept aus meinem Pferdebuch ausprobieren«, verkündete Franzi.

Detektivtagebuch von Kim Jülich
Samstag, 21:11 Uhr

Dank eines Traums von Franzi haben wir Feuerherz gefunden!!! Zum Glück geht es ihm gut!
Als wir in der Pferdebox geschlafen haben, hat Franzi Folgendes geträumt: Feuerherz lief über einen Hof, dann verschwand er und alles wurde grau und der Hof war plötzlich ganz verfallen. (Toll, dass Franzi jetzt auch schon im Schlaf ermittelt ☺!)
Der Traum hat uns auf die Idee gebracht, auf dem Lindenhof zu suchen. Das ist ein alter Bauernhof, der seit einigen Monaten leer steht. Der Bauer musste diesen wegen Geldsorgen aufgeben. Isa hat uns berichtet, dass Herr Frankenberg befürchtet, dass ihm das Gleiche passieren könnte.
Feuerherz war tatsächlich in einer Box auf dem Lindenhof untergebracht, mit ausreichend Futter, Wasser und Heu. Der Hof war mit einem Vorhängeschloss gesichert, das wir mitgenommen haben.
Außerdem haben wir in der Box von Feuerherz einen Ohrring gefunden, der höchstwahrscheinlich Alexandra gehört. Sie streitet ab, mit der Entführung etwas zu tun zu haben. Momentan ist sie unsere Hauptverdächtige, aber es gibt auch Ungereimtheiten, denn ihre Fingerabdrücke waren auf dem Lindenhof nirgends zu finden. Vielleicht hat sie einen Komplizen oder eine Komplizin? Ihr Motiv könnte Eifersucht auf ihre jüngere Schwester sein. An dem Tag von Feuerherz' Verschwinden hat ihr Vater nämlich verkündet, dass nicht sie das wichtige Turnier reiten wird, sondern Isa. Wenn Feuerherz das Turnier gewinnt, hat er die besten Chancen, in ein Förderprogramm des deutschen Reitverbandes zu kommen. Dort kann er dann professionell für die Olympischen Spiele trainiert werden. Außerdem winkt ein hohes Preisgeld. Viktor Frankenberg scheint seine jüngere Tochter für talentierter zu halten und möchte, dass sie beim Turnier auf Feuerherz antritt.

Ich bin allerdings nicht davon überzeugt, dass Alexandra wirklich für Bellas Verschwinden verantwortlich ist, und ich kann mir erst recht nicht vorstellen, dass sie Bella mit der Schraube verletzen wollte oder einen Balken von der Decke fallen lässt. Eigentlich will sie ja nur selbst das Turnier reiten. Und auf Bella, dem einzig anderen Pferd auf dem Gestüt, geht das wohl nicht, weil sie kein Turnierpferd ist. Es gibt also zwei Reiterinnen, aber nur ein Turnierpferd.

Wir haben auch noch einen zweiten Verdächtigen. Eine unbekannte Person, deren Fingerabdrücke wir auf der Schraube und auf dem Lindenhof gefunden haben.

Morgen fahren wir wieder zum Gestüt. Wir müssen unbedingt herausfinden, ob die Frankenbergs Feinde haben. Es könnte ja jemand sein, der in Feuerherz eine echte Konkurrenz sieht? Ich habe gerade mal im Internet recherchiert. Feuerherz scheint viele Fans zu haben und wird als einer der möglichen Gewinner des Turniers gehandelt.

Außerdem habe ich nach dem Namen Friesmann gesucht. Herr Frankenberg hat sich heute, am Samstag, mit einer Martha Friesmann getroffen. Sie arbeitet bei einer Bank. Womöglich möchte Herr Frankenberg versuchen, sich von der Bank Geld zu leihen? Aber arbeiten Bankangestellte auch samstags?

Geheimes Tagebuch von Kim Jülich
Samstag, 21:30 Uhr

► Das geheime Tagebuch von Kim Jülich ist strengstens geheim! Wenn du trotzdem weiterliest, wirst du in den Herbstferien jeden Tag die Pferdeboxen auf dem Gestüt Frankenberg ausmisten!! ◄

Hach, das Treffen mit David war so schön! Wir waren zusammen Eis essen und haben uns dann auf eine Wiese im Jakobipark gesetzt. Eigentlich wollten wir weiter über das Ende unseres Fantasy-Krimis sprechen, aber dann ist etwas Interessantes pas-

siert: Wir haben durch Zufall den Schriftsteller Jens-Dieter Rohloff getroffen, den wir vor längerer Zeit bei den Ermittlungen zu einem Fall kennengelernt haben. Seine Science-Fiction-Romane sind sogar im Ausland Bestseller. Er hat uns von einem Schreibwettbewerb berichtet. Ein kleiner, noch junger Verlag macht eine Ausschreibung: Nachwuchsschriftsteller (so wie wir ;)) können ihr Manuskript dort einschicken. Der erste Preis ist die Veröffentlichung als E-Book. Ich finde das superspannend! David auch. Aber wir kamen nicht mehr dazu, uns in Ruhe darüber zu unterhalten, weil ich dann zum Abendessen nach Hause musste.
Gerade habe ich mir überlegt, dass unsere Romanhauptfiguren Junos und Laurina das entführte Einhorn auf dem Planeten Unicorno in einem Eispalast der Prinzessin Isaxa finden. Sein Horn ist bereits halb erfroren, aber Junos und Laurina gelingt es, das Einhorn zu retten und zurück in den Wald zu bringen. Gemeinsam mit dem letzten kleinen Waldtroll Fred gelingt es den beiden, das Horn wieder aufzuwärmen. Und schließlich wachsen wieder Blätter an den Bäumen und Blumen schießen aus dem Boden, während Prinzessin Isaxa in ihrem Eispalast versauern muss. Ich bin zu müde, jetzt noch so richtig loszulegen, aber das musste ich noch kurz festhalten.
Irgendwie habe ich ein komisches Gefühl, was unseren Fall angeht. Wir tappen ganz schön im Dunkeln. Gerade kann ich nicht mehr denken, denn die letzte Nacht im Heu war kurz. Auch wenn ich das Schlafen im Heu sehr mag, mein Bett ist einfach der gemütlichste Ort auf der ganzen Welt! Und dahin verkrümele ich mich jetzt.

»Das ist die Nummer von Lilo.« Kim drückte Marie einen kleinen gelben Zettel in die Hand. »Meine Mutter sagt, dass sie ein Mathegenie ist.«
»Super!«, meinte Franzi, die neben Stefan im Auto saß. »Die bringt Holger das große Einmaleins bestimmt in Windeseile bei und dann hat er bald wieder ganz viel Zeit für dich, Marie.«

»Das große Einmaleins? Gibt es das?«, fragte Stefan, Franzis großer Bruder, der die Freundinnen schon öfter zu wichtigen Einsätzen gefahren hatte.
Kim musste lachen. »Nicht dass ich wüsste.«
Marie blickte auf den Zettel. »Lilo wird es wissen. Interessanter Name übrigens. Klingt nach pensionierter Mathelehrerin.« Sie faltete den Zettel zusammen und steckte ihn in die Tasche. »Ich hoffe nur, dass Holger sich überreden lässt. Aber ich habe es ihm schon ganz schön schmackhaft gemacht.«
»Wie denn?«, schaltete sich Stefan neugierig ein.
»Er kann dann nicht nur mit mir mehr Zeit verbringen, sondern auch wieder öfter zum Parkour-Training gehen«, erklärte Marie.
»Das sind natürlich zwei sehr gute Argumente«, sagte Stefan.
»Wir sind gleich da!« Franzi zeigte auf die Straße. »Dahinten ist das Gestüt.«
Marie, die hinter Franzi saß, schnupperte. »Was riecht hier eigentlich so komisch?«
»Franzi hat heute fast die Backstube unserer Mutter in Brand gesetzt«, berichtete Stefan.
»Wie das denn?«, wollte Kim wissen.
»Die Pimpinelle hat im Ofen Feuer gefangen«, gab Franzi zu. »Aber Feuerwehrmann Stefan war schnell zur Stelle und hat alles gerettet.« Sie hielt eine kleine Papiertüte hoch. »Ich habe für Feuerherz Apfel-Kraut-Klöße mit Hafer und Kräutern gebacken. Pimpinelle soll gegen Unruhezustände helfen.«

Auf dem Gestüt wuchtete Stefan eine große Kiste aus dem Kofferraum. »Was ist eigentlich da drin?«

»Arbeitsmaterial«, erklärte Franzi kurz.

»Gut. Ich werde jetzt auch mal Arbeitsmaterial für die Uni wälzen und hole euch später wieder ab.« Stefan drückte die Kofferraumklappe nach unten und stieg in sein Auto.

»Danke, lieber Stefan!«, riefen die drei !!! wie aus einem Mund.

»Du hast echt einen netten Bruder«, sagte Marie, als Stefan winkend vom Hof fuhr.

Kim zeigte auf Franzis Papiertüte. »Das liegt in der Familie. Die Winklers sind alle sehr hilfsbereit.«

Franzi hielt Kim die offene Tüte vor die Nase. »Möchtest du auch einen?«

»Ach nö, danke, ich will Feuerherz nichts wegessen.« Kim grinste.

Die drei !!! liefen zur Koppel, wo Viktor und Isa bereits mit Feuerherz trainierten. An ihren ernsten Gesichtsausdrücken merkte Franzi sofort, dass etwas nicht stimmte.

»Hallo, ihr drei«, begrüßte Isa die Mädchen.

»Hallo. Wie läuft das Training?«, fragte Franzi.

»Feuerherz ist sehr unruhig«, berichtete Isa. »Und gefressen hat er auch nicht genug.«

Franzi öffnete die Papiertüte und holte einen kleinen Kräuterklops heraus. »Ich hab einen Leckerbissen für dich mitgebracht, Feuerherz.« Langsam ging sie auf Feuerherz zu und hielt ihm den Knödel hin. Feuerherz wich zurück. Franzi trat noch einen Schritt auf ihn zu, aber er schnaubte und sprang davon.

»Papa, Mama hat recht«, begann Isa. »Wir sollten eine Pause machen.«

Viktor Frankenberg fuhr sich mit der Hand über die Bartstoppeln an seinem Kinn. »Gut, wir machen eine Trainingspause.« Sein Handy klingelte, er nahm den Anruf an. »Hallo, Martha.«

»Das habe ich euch noch gar nicht gesagt«, flüsterte Kim. »Martha Friesmann arbeitet bei einer Bank.«

»Interessant. Vielleicht will er einen Kredit aufnehmen«, überlegte Franzi.

»Das habe ich auch gedacht, aber duzt man sich mit den Bankangestellten?«, wisperte Kim. »Und trifft sie samstags und telefoniert sonntags?«

Benjamin führte Bella und ihr Fohlen Wirbelwind über den Hof. Als sie bei der Koppel angekommen waren, trabte Wirbelwind auf Franzi zu.

»Wenn dein Papa nicht will, kannst du ja mal probieren.« Sie hielt ihm einen ihrer kleinen Knödel hin. Wirbelwind schnupperte erst und schnappte dann nach der Kugel. Seine weichen Lippen streiften dabei Franzis Handfläche. »Du bist einfach goldig!«

Franzi drehte sich zu Benjamin, der nachdenklich Feuerherz betrachtete. Wiehernd lief der Hengst umher. Seine Hufe klackerten unregelmäßig auf dem Boden. »Ich wage noch mal einen Fütterungsversuch. Feuerherz, komm!« Benjamin fischte eine Möhre aus seiner Tasche, die er dem Hengst entgegenhielt. Langsam kam er angetrabt, stoppte aber kurz vor Benjamin ab und scheute.

»Jede einzelne Bewegung von Feuerherz ist von unfassbarer Eleganz. Sogar wenn er scheut, sieht er gut aus«, schwärmte Franzi und fütterte nun auch Bella mit einem Kräuterknödel.

Isa seufzte. »Hoffentlich geht es ihm in den nächsten Tagen besser.«

Die drei !!! und Franzi beobachteten, wie Benjamin Feuerherz am Halfter über den Hof zum Stall führte.

»Einer ist noch übrig. Wer will?« Franzi hielt einen Kräuterklops hoch. Bella wartete ab und sah dabei zu, wie Wirbelwind sich den Leckerbissen schnappte. »Süß, deine Mama verzichtet für dich, Windi.« Franzi knüllte die Tüte zusammen und steckte sie in ihren Beutel. »Wo ist eigentlich Alexandra?«

Isa zuckte mit den Schultern. »Ich habe sie heute noch nicht gesehen. Sie arbeitet halbtags als Ergotherapeutin, aber eigentlich nicht am Wochenende.«

»Konntest du noch mal mit ihr über die Sache mit dem Ohrring sprechen?«, wollte Marie wissen.

»Ja. Sie meint, dass sie es nicht war.«

»Kann es sein, dass ihr irgendwelche Feinde habt?«, fragte Kim. »Menschen, die euch den Erfolg nicht gönnen?«

Isa überlegte. »Eigentlich nicht. Natürlich ist es bei jedem Wettkampfsport so, dass es Leute gibt, die dir den Erfolg neiden. Aber dann kämen ja alle infrage, gegen die wir antreten.«

Benjamin lief über den Hof auf sie zu. »Nichts zu machen. Feuerherz ist total unruhig.«
Franzi beobachtete, wie Frau Frankenberg aus dem Wohnhaus Richtung Stall ging. »Ich schau noch mal nach ihm«, sagte sie und folgte Isas Mutter.
Franzi lugte in den Stall. Frau Frankenberg redete beruhigend auf Feuerherz ein und hielt ihm einen Eimer mit Futter hin. Nach einer Weile begann der Hengst zu fressen. Erleichtert trat Franzi neben die beiden. »Ist das schön, dass Feuerherz endlich frisst.«
Frau Frankenberg erschrak. »Ach, hallo, Franzi.«
»Entschuldigung, ich wollte Sie nicht erschrecken. Hat die Polizei irgendetwas herausgefunden?«
Frau Frankenberg schüttelte den Kopf. »Leider konnte auch Kommissar Weber die Fingerabdrücke niemandem zuordnen.«
Feuerherz wieherte. Frau Frankenberg blickte zufrieden in den Eimer und verschwand wieder Richtung Wohnhaus.
Franzi lief zur Koppel zurück und berichtete den anderen, dass Feuerherz etwas gefressen hatte.
»Echt? Von meiner Mutter?«, wunderte sich Isa. »Dann kann er sich jetzt ausruhen und wir trainieren später noch mal.«
»Wir haben jetzt auch noch etwas vor.« Franzi lief zur Kiste, die Stefan ausgeladen hatte. Sie winkte ihre Freundinnen und Isa zu sich, dann klappte sie die Kiste auf. Zunächst nahm sie eine Zeitung heraus.
Kim zog die Stirn kraus. »Was haben wir vor?«

Franzi setzte sich auf die Bank unter der Linde und faltete Hüte aus dem Zeitungspapier, die sie ihren Freundinnen auf den Kopf setzte. Dann holte sie einen großen Farbeimer und mehrere Pinsel aus der Kiste. »Meine Mutter hat neulich unser Wohnzimmer gestrichen, mit ungiftigen Biofarben, und zwei Eimer waren noch übrig. Ich dachte, wir streichen die Boxen und den Eingangsbereich des Stalls. Damit es ein bisschen heller ist. Vielleicht hebt das auch die Stimmung von Feuerherz?«
»Franzi, wie toll!« Isas Augen strahlten. »Aber das können wir nicht annehmen.«
Marie hob einen Farbeimer hoch und trug ihn Richtung Stall. »Klar könnt ihr das!«
»Ihr müsst sogar.« Kim schnappte sich die Pinsel und lief hinterher.
»Gut, aber ich helfe euch!« Isa nahm den zweiten Farbeimer und stellte ihn vor Feuerherz' Box ab. Sie öffnete die Tür. »Und du, mein Lieber, kommst auf die Koppel.«

Marie spielte auf ihrem Handy das neue Lied von den *Boyzzzz* in Dauerschleife ab und sang mit. Nach nur einer Stunde war die erste Wand wieder weiß.
»Was macht ihr denn hier?« Viktor Frankenberg kam herein. »Und wo ist Feuerherz?«
»Auf der Koppel«, erklärte Isa.
»Gut, bis später!« Frankenberg verließ den Stall wieder.
»Er hätte wenigstens Danke sagen können«, meinte Kim.
Marie zog ihr den Hut aus Zeitungspapier in die Stirn. »Na ja,

er hat uns ja auch nicht gebeten, den Stall zu streichen, und außerdem hat er andere Sorgen.«

»Stimmt auch wieder.« Kim zeigte auf die Wand neben der Tür. »Streichen wir die auch noch?« Ehe ihre Freundinnen antworten konnten, fing sie an, ein Einhorn daraufzumalen. »Das bringt Glück.«

Marie tunkte ihren Pinsel in die Farbe und malte ein Herz an die Wand, in das sie H+M schrieb. »Und jetzt du, Franzi.« Sie gab ihrer Freundin den Pinsel. Franzi zögerte. »Was soll ich denn damit?«

»Mal doch mal was, irgendwas, was dich gerade beschäftigt«, schlug Kim vor.

Nachdenklich starrte Franzi auf die Wand. Farbe tropfte vom Pinsel.

»Schreib doch F+B«, schlug Marie vor.

»Ach, das ist doch bekloppt!«, rief Franzi, pfefferte den Pinsel in den Eimer und lief auf den Hof.

Die Sonne strahlte ihr entgegen und Franzi merkte, wie sich ihre Augen mit Tränen füllten. Die ganze Zeit hatte sie darauf gewartet, dass Blake endlich zurückkommt, und jetzt freute sie sich gar nicht richtig auf das Wiedersehen. Franzi blinzelte durch die Blätter der Linde und hörte das Schnauben von Feuerherz, das von der Koppel zu ihr drang. Sie beobachtete, wie Viktor Frankenberg versuchte, Feuerherz zu longieren. Das Pferd galoppierte los, blieb aber nach einigen Metern einfach stehen. Franzi wusste, dass Longieren gar nicht so einfach war, aber wenn man es richtig machte, konnte es die Verbindung

zwischen Reiter und Pferd stärken. Herr Frankenberg schüttelte nach einer Weile den Kopf und setzte sich auf einen Heuballen.
Ein Hupen erschreckte Franzi. Sie drehte sich um. Es war Stefan, den sie gar nicht hatte kommen hören. »Ich bin durch mit Lernen. Kommt ihr?«
Kim und Marie hatten bereits die Holzkiste gepackt und trugen sie gemeinsam zum Kofferraum.
Benjamin und Isa kamen dazu und verabschiedeten sich. »Danke, dass ihr den Stall so schön gestrichen habt.« Isa umarmte die Freundinnen. »Kommt ihr zum Turnier?«
»Gerne!« Franzi versuchte zu lächeln.
»Sagt ihr uns Bescheid, wenn irgendwas Komisches passiert oder euch etwas ein- oder auffällt?«, bat Kim sie.
»Mache ich.« Isa blickte nachdenklich zur Koppel. »Jetzt gilt es, Feuerherz fit zu kriegen.«
»Und ihr solltet ihn nicht aus den Augen lassen«, riet Marie.
»Vielleicht kann Benjamin ja bei Feuerherz schlafen?«, schlug Franzi vor.
Benjamin nickte. »Stimmt, das wäre gut.«
»Wir wechseln uns ab, okay?«, sagte Isa.
»Abgemacht.«

Während der Fahrt schwieg Franzi.
»Ich möchte noch zu Tinka und muss danach für Mathe lernen«, erklärte sie schnell, als sie ausstiegen.
»Kein Problem, Franzi, dann schreibe ich heute Abend das letzte Kapitel«, kündigte Kim an und stieg auf ihr Rad.

Marie umarmte Franzi. »Ich wünsche dir, dass du dich auf Blake freuen kannst.«
»Danke.« Franzi versuchte zu lächeln.
»Und wieder klarer siehst«, ergänzte Kim und fuhr los.

Detektivtagebuch von Kim Jülich
Montag, 17:13 Uhr

Es ist sehr unbefriedigend, dass wir nicht wissen, wer Feuerherz entführt hat. Isa hat uns geschrieben, dass die Polizei den Hof eine Weile beobachtet hat, nachdem wir Feuerherz gerettet hatten. Aber es kam niemand. Wahrscheinlich hat der Entführer gemerkt, dass wir Feuerherz weggebracht haben. Vielleicht hat er uns sogar dabei beobachtet. Wir sind davon überzeugt, dass jederzeit wieder etwas passieren kann, aber wir können ja auch nicht ununterbrochen auf dem Gestüt Frankenberg rumhängen. Außerdem müssen wir zur Schule.
Franzi war in den Pausen heute nicht so recht ansprechbar und es lag sicher nicht nur daran, dass heute Montag ist. Sie hat die ganze Zeit Tischtennis gespielt (ich glaube, sie will alles verdrängen und nicht mit mir sprechen). Gerade hat sie Marie und mir eine Nachricht geschickt. Isa hat sich gemeldet. Feuerherz scheint heute in Bestform trainiert zu haben. Morgen ist das Turnier. Wir haben uns nach der Schule bei der Rennbahn verabredet. Ich muss noch überlegen, was ich anziehe.

Geheimes Tagebuch von Kim Jülich
Montag, 18:36 Uhr

► Achtung! Es ist strengstens verboten, Kim Jülichs geheimes Tagebuch zu lesen! Wer trotzdem weiterliest, muss meinen Overall für das Turnier bügeln! ◄

Ich bin soooo aufgeregt! Ich zittere! Gerade habe ich das letzte Kapitel für Davids und meinen Fantasy-Krimi geschrieben und es David gemailt. Ich bin so gespannt, wie es ihm gefällt. Das ist der letzte Absatz:

Das Einhorn stupste Laurina und Junos mit seiner Schnauze an. Dann dreht es sich um, reckte sein Horn stolz in die Höhe und galoppierte los. Im selben Moment wuchsen wieder Blätter an den Bäumen, Blüten schossen aus dem Boden und der Fluss begann zu rauschen. Laurina und Junos nahmen sich an den Händen. Sie hatten ihre Welt gerettet und eine fantastische Zukunft lag vor ihnen.

Soll ich das Manuskript bei dem Wettbewerb einschicken? Oder vielleicht Jens-Dieter Rohloff fragen, ob er es mal lesen würde?

Leider ist David gerade beim Tischkickerturnier im Jugendzentrum. Also muss ich jetzt einfach abwarten. Oder soll ich ihn dort überraschen? Ach nein, dann lenke ich ihn womöglich ab. Und er soll gewinnen. Hauptgewinn sind zwei Kinokarten plus Popcorn. Das haben wir uns jetzt aber echt verdient. Wichtiger ist aber, dass Feuerherz morgen gewinnt!!!

Ausbruch

Franzi hatte schlecht geschlafen und den Schultag nur knapp, ohne einzunicken, überlebt.

Paul hatte sie und Kim von der Schule abgeholt, zusammen hatten sie Marie eingesammelt, die sie wegen ihrer Chorprobe mal wieder hatte warten lassen.

»Deinetwegen kommen wir jetzt zu spät«, beschwerte sich Franzi, als sie auf den Parkplatz der Rennbahn fuhren.

Mit den Fransen ihres himbeerfarbenen Seidenschals kitzelte Marie Franzi beim Aussteigen an der Nase. »Tut mir leid, Franzi.«

»Schon okay. Entschuldige. Ich bin irgendwie gestresst.« Franzi warf einen Seitenblick zu Paul. Sein Handy piepte. Er hatte eine Nachricht erhalten und las sie, dabei schmunzelte er. Franzi überlegte, ob die Nachricht von seiner Freundin war, da wurde sie von Marie angestupst. »Komm, denk an was anderes.«

Franzi versuchte zu lächeln. »Jaja.«

Der Parkplatz war schon ziemlich voll, Lautsprecherdurchsagen aus dem Stadionlautsprecher hallten zu ihnen herüber.

Überall liefen elegant gekleidete Menschen herum. Die Damen trugen Hüte mit Federn oder anderem Schmuck. Franzi hatte einen alten Sonnenhut von ihrer Schwester Chrissie aufgesetzt, um in ihrem Jeansrock und den Turnschuhen nicht so aufzufallen. Marie war, wie immer, dem Anlass entsprechend perfekt gekleidet. Sie trug ein Seidenkleid mit blauen Tupfen und einen Strohhut mit breiter Krempe. Kim hatte sich für einen einteiligen Anzug mit kurzen Ärmeln in Dunkelblau entschieden, was super zu ihren braunen Augen passte. Mit Paul liefen sie zum Eingang.

»Isa hat uns auf die Gästeliste gesetzt.« Franzi beugte sich zu der Frau im Kassenhäuschen. »Franziska Winkler plus drei.«

Die Frau durchforstete eine Liste und machte einen Haken hinter Franzis Namen. Dann reichte sie ihr vier Bändchen. »Viel Spaß.«

»Danke!« Franzi verteilte die Bändchen und lief als Erste durch das Tor. Die Zuschauertribüne war bereits gut gefüllt, auf dem Turnier-Platz liefen einige Frauen und Männer umher, die die Hindernisse prüften.

»Wow, da gibt es sogar einen Wassergraben!« Franzi staunte.

»Ach, hallo!« Thomas Schulz kam ihnen entgegen. »Ich habe gehört, dass ihr Feuerherz gefunden habt.« Er sah auf seine Uhr und lief an ihnen vorbei. »Ich möchte noch auf Feuerherz setzen.«

»Auf Feuerherz setzen?«, wunderte sich Marie. »Kann man bei Springturnieren auch Pferdewetten machen? Ich dachte, das geht nur beim Pferderennen.«

»Nein, das geht auch hier.« Franzi blickte zur Zuschauertribüne, die sich füllte. Darüber befand sich ein Glaspavillon und an den Seiten des Platzes blinkten große Anzeigetafeln. Unten, direkt am Rand des Turnierplatzes, standen kleine verglaste Häuschen, davor war ein riesiger Springparcours aufgebaut.

»Die Häuschen da sind für die Schiedsrichter«, wusste Franzi. »Sie sitzen ganz nah am Geschehen, damit ihnen nichts entgeht, aber sie dürfen sich nicht untereinander austauschen oder beeinflussen.«

Marie reckte den Hals. »Und wo sind jetzt die ganzen Pferde und Reiter?«

»Wahrscheinlich dahinten!« Franzi zeigte auf einen hohen Holzzaun. »Kommt, wir gucken mal.«

Die drei !!! liefen mit Paul einen Kiesweg entlang und kamen zu einer Tür. Davor stand ein Security-Mann in schwarzer Uniform. »Kein Zutritt«, nuschelte er.

»Meine Cousine Isa Frankenberg tritt auf Feuerherz an«, erklärte Paul. »Wir würden ihr gerne noch viel Glück wünschen.«

Der Mann schüttelte den Kopf. »Das hättet ihr vorher machen müssen.«

Marie nickte ihren Freundinnen unmerklich zu. »Wir müssen den beiden unbedingt noch ihren Glücksbringer überreichen.« Aus ihrer pinken Korbhandtasche fischte sie eine kleine Plastikfigur. »Ohne Peppo darf Isa nicht antreten.«

Der Mann konnte sich ein Lächeln nicht verkneifen. »Ist das ein Einhorn?«

»Genau. Mein kleiner Bruder glaubt, dass Feuerherz' Sternzeichen ein Einhorn ist.« Marie setzte ein liebes Unschuldslächeln auf.

Franzi merkte, wie der Sicherheitsmann mit sich rang. »Gut.« Er ließ Marie durch und wollte vor den Nasen der anderen die Tür wieder zumachen.

»Es bringt nur Glück, wenn wir es alle zusammen überreichen«, sagte Marie.

»Na gut. Aber nur ganz kurz.«

Kim, Franzi und Paul schlüpften durch die Tür.

»Woher hast du denn das Einhorn?«, fragte Kim, als der Sicherheitsmann außer Hörweite war.

»Von Finn. Er hat es im Waldkindergarten von Lise geschenkt bekommen. Ich habe ihm von Davids und deinem Krimi berichtet und er wollte, dass ich es dir schenke.« Finn war Maries niedlicher dreijähriger Halbbruder.

Kim nahm das Einhorn und drückte es an sich. »Oh! Hoffentlich ist Lise dann nicht traurig! Ich passe aber gut darauf auf und nehme es mit zu meiner ersten Lesung.«

»Super, dass du so optimistisch bist«, sagte Franzi.

»Ich überlege, ob ich den Roman bei einem Schreibwettbewerb einschicke«, berichtete Kim. »Gestern Abend habe ich das letzte Kapitel geschrieben.«

»Cool!«, rief Marie. »Herzlichen Glückwunsch!«

»Danke.« Kim steckte das Einhorn ein und entdeckte im selben Moment Isa. »Da sind sie.«

Isa fummelte nervös an dem Verschluss ihres Helmes herum.

Ihre Mutter half ihr dabei, die Schnalle zu schließen. »Mama, das ist viel zu eng.«

»Quatsch. Das muss doch fest sitzen.« Frau Frankenberg ruckelte vorsichtig an dem Helm, während Herr Frankenberg die Trense im Maul des Hengstes überprüfte.

»Hallo, ihr vier.« Isa rang sich ein Lächeln ab.

»Du siehst ja schick aus, Feuerherz.« Franzi strich über den seidig glänzenden Rücken des Pferdes. »Hast du ihm die Zöpfe geflochten?«

Isa schüttelte den Kopf. »Das war Benjamin. Er hat ihn erst mit der neuen Pferdebürste gebürstet und dann frisiert. Feuerherz war plötzlich wie ausgewechselt.«

»Wie ich nach einem Beauty-Wochenende.« Marie lächelte.

»Toll!« Franzi spürte, dass sich ihre Anspannung etwas löste.

»Sie sehen jetzt Susanne von Sternburg auf Palladium«, hallte es aus den Lautsprechern. Eine fröhliche Melodie erklang.

»Sie ist die Erste.« Viktor Frankenberg setzte sich seine Sonnenbrille auf. »Danach sind wir dran.«

»Weil es kein Wettrennen ist, treten also alle hintereinander an?«, fragte Kim.

»Genau, denn die Schiedsrichter müssen sich sehr konzentrieren, auch um zu sehen, wie gründlich die Bewegungen ausgeführt werden«, erklärte Viktor Frankenberg.

Franzi strich Feuerherz über die flammenförmige Blesse. »Du schaffst das!«

Das Pferd wieherte.

»Komm, Isa, ihr seid gleich dran«, sagte Herr Frankenberg.

Isa nahm das Halfter und führte Feuerherz zum Startpunkt. Ihr Vater ging neben ihr und redete auf sie ein.
Franzi konnte nicht verstehen, was er sagte, und flüsterte ihnen »Viel Glück« hinterher. Ihr Blick fiel auf Frau Frankenberg, die ihrem Mann und ihrer Tochter besorgt nachsah. »Wo ist eigentlich Alexandra?«
Frau Frankenberg zuckte mit den Schultern. »Ich weiß nicht, ob sie noch kommt. Wollt ihr auch auf die Tribüne?«
»Ja, unbedingt.« Franzi marschierte los.
Sie liefen am Sicherheitsmann vorbei. »Hoffentlich hält Peppo, was er verspricht«, rief er ihnen hinterher.
Bei der Zuschauertribüne angekommen, zeigte Frau Frankenberg auf reservierte Plätze in der ersten und zweiten Reihe. »Die sind für uns.«
Die drei !!! setzten sich hinter Frau Frankenberg und Paul in die zweite Reihe. Gespannt beobachteten sie die letzten Sprünge der ersten Turnierteilnehmerin.
»Nicht schlecht«, raunte Franzi ihren beiden Freundinnen zu. »Und ohne Fehler.«
Gerade nahm das Pferd Anlauf und sprang über das höchste Hindernis des Parcours. Mit dem Hinterhuf streifte der schwarze Hengst den oberen Balken, aber er blieb liegen.
Die Zuschauer auf der Tribüne hinter ihnen applaudierten. Die Reiterin verbeugte sich und das Pferd machte eine Bewegung nach vorne.
»Das sieht aus wie ein Knicks«, rief Marie. »Franzi, das musst du Tinka auch unbedingt beibringen.«

»Und jetzt: Isa Frankenberg auf Feuerherz«, schallte es aus dem Lautsprecher.
Franzi reckte den Kopf. Viktor Frankenberg stand am Rand des Parcours und nickte seiner Tochter zu. Konzentriert kam sie mit Feuerherz auf den Platz. Kurz blieben sie stehen und verbeugten sich in Richtung der Zuschauer.
»Das Einhorn bringt Glück«, flüsterte Kim und drückte die kleine Spielfigur Frau Frankenberg in die Hand.
Hoch konzentriert begannen Isa und Feuerherz jetzt mit ihrem Parcours. Die ersten Hindernisse nahmen sie mit großer Leichtigkeit und Eleganz. Bei jedem neuen gemeisterten Sprung ging ein Raunen durch die Menge. Franzi sah, dass Frau Frankenberg den kleinen Glücksbringer weiterhin ganz fest hielt. Viktor Frankenberg wirkte ebenfalls sehr angespannt.
»Hier seid ihr.« Thomas Schulz nahm neben Isas Mutter Platz.
»Hallo, Thomas.« Frau Frankenberg konnte den Blick nicht von ihrer Tochter abwenden.
Auch Thomas Schulz schaute angestrengt auf Isa und Feuerherz. Im selben Moment sprang Feuerherz über das nächste Hindernis. Applaus brandete auf. Die drei !!! klatschten aufgeregt.
Kim blickte durch ihr Fernglas. »Das sieht alles total sauber aus. Jetzt kommen sie auf uns zu.« Sie ließ das Fernglas sinken und blickte auf.
Alle winkten, auch Thomas Schulz. »Weiter so, Feuerherz!«, rief er laut.

Augenblicklich stellte das Pferd die Ohren auf. Es hielt einen Moment inne. Isa drehte sich zu ihrem Vater. Er nickte ihr zu.
»Kim, gib mir mal das Fernglas«, drängelte Franzi. »Irgendwas stimmt da nicht.«
Kurz darauf drehte Feuerherz um und galoppierte auf das höchste Hindernis zu. Durch das Fernglas konnte Franzi sehen, dass Isa den Rhythmus verloren hatte. Der Hengst sprang, seine Hufe flogen über das Hindernis, und er landete wieder auf dem Rasen. Isa hatte Mühe, sich im Sattel zu halten. Frau Frankenberg schlug die Hand vor den Mund. Der Glücksbringer fiel auf den Boden.
Feuerherz bremste ab, drehte sich wieder zur Tribüne. Für einen Augenblick dachte Franzi, dass der Spuk jetzt vorbei war. Isa gab ihrer Mutter ein Zeichen, dass alles okay war. Genau in diesem Moment stieg Feuerherz auf die Hinterbeine. So unerwartet, dass Isa nicht damit gerechnet hatte. Feuerherz warf Isa ab. Sie fiel auf den Rücken. Das Pferd kam wieder auf die Vorderläufe, hob den Kopf und galoppierte los.
Viktor Frankenberg sprang über die Bande. Seine Frau drängelte sich am Sicherheitspersonal vorbei und schlüpfte durch eine Tür in der Absperrung. Auch die drei !!!, Paul und zwei Sanitäter rannten los. Franzi stieß mit Thomas Schulz zusammen, der ebenfalls auf den Platz lief. Als sie bei Isa ankamen, waren die Frankenbergs und die Sanitäter bereits da. Isa lag reglos auf dem grünen Rasen.
Einer der Sanitäter beugte sich über sie und sprach sie an. »Wie heißen Sie?«, wiederholte er mehrmals. Der andere Sanitäter

checkte den Puls und die Atmung. Frau Frankenberg kniete daneben. Tränen liefen über ihre Wangen.

Kim griff nach Franzis Hand.

»Hoffentlich ist es nicht so schlimm«, murmelte Marie.

Franzi hörte ein Wiehern und blickte auf. Sie sah, wie Feuerherz über den Platz galoppierte, über den hohen Zaun sprang und auf die Straße lief.

»Nicht schon wieder.« Franzi griff nach Pauls Hand und zog ihn hinter sich her. »Wir müssen Feuerherz einfangen«, keuchte sie.

Zusammen rannten sie zum Ausgang und über den Parkplatz. Hektisch zog Paul den Autoschlüssel aus der Hosentasche und öffnete per Knopfdruck die Zentralverriegelung. Sie sprangen ins Auto.

Franzi zeigte zur Straße. »Er ist da langgelaufen.«

Pferdeflüsterin Franzi

Paul startete das Auto und fuhr vom Parkplatz auf die Straße. Ein Auto kam ihnen entgegen.
»Was sollte die Lichthupe?«, fragte Paul.
»Bestimmt wollte uns der Fahrer vor Feuerherz warnen«, vermutete Franzi.
Die Straße machte eine leichte Biegung – und tatsächlich, da lief Feuerherz und kam direkt auf sie zu.
»Bremsen, Paul!«, schrie Franzi.
Paul hielt an und fuhr rechts ran.
Franzi steig aus und lief auf dem Fußweg auf Feuerherz zu. Mit wehender Mähne kam der Hengst immer näher. Franzi wusste, dass sie ihn nicht vorbeilassen durfte.
Sie drosselte ihr Tempo. In der Tasche ihrer Jeansjacke suchte sie nach einem brauchbaren Pferdeleckerli und bekam einen zerkrümelten Haferkeks zu fassen. Mit ausgestreckter Hand hielt sie ihn Feuerherz hin. »Hey, Feuerherz, schau mal, was ich für dich habe«, sagte sie ganz ruhig.
Das Pferd drosselte nun ebenfalls sein Tempo und kam im

Schritt auf sie zu. Ein Auto fuhr langsam vorbei. Als Franzi und Feuerherz nur noch eine Armlänge voneinander entfernt waren, blieb der Hengst stehen. Er senkte seinen Kopf, schnaubte und berührte dann mit den weichen Pferdelippen Franzis Hand. Sie hielt ganz still und sah ihm in die Augen. Schließlich schnappte er sich den Haferkeks und ließ ihn knackend in seinem Maul verschwinden. »Sehr gut, Feuerherz.« Franzi lächelte und strich ihm über den Nasenrücken.

»Franzi, die Pferdeflüsterin«, sagte Paul, der plötzlich ganz nah hinter ihr stand. So nah, dass sie seinen Atem spüren konnte. Sie griff nach Feuerherz' Halfter.

Paul trat neben sie. »Hoffentlich ist Isa nichts Schlimmes passiert.« Ihre Blicke trafen sich und Franzi wurde es warm.

»Komm, Feuerherz, wir müssen zu Isa«, sagte Franzi schnell und marschierte los.

Paul hatte das Auto am Straßenrand stehen lassen. Als sie mit Feuerherz bei der Rennbahn ankamen, entdeckten sie Isa zwischen Kim, Marie, den Frankenbergs, Kommissar Peters und Kommissarin Aslan.

»Kim hat mich angerufen«, berichtete der Kommissar. »Ich sehe schon, Franzi, du hast uns Polizisten geholfen und das Tier eingefangen.«

»Eingefangen ist das falsche Wort«, entgegnete Franzi. »Ich hab ihn zurückgeholt.«

»Franzi, danke!« Isa strahlte sie an.

»Wie geht es dir?«, fragten Paul und Franzi gleichzeitig.

»Ganz gut, danke, ich war nur eine Minute bewusstlos.« Isa presste sich ein Kühlpack gegen die Stirn.
Stefanie Frankenberg strich ihrer Tochter mit dem Handrücken über die Wange. »Es wäre schon gut, wenn du noch mal zur Beobachtung ins Krankenhaus gingest.«
»Mir geht es wirklich gut, Mama«, beharrte Isa. »Außerdem möchte ich bei Feuerherz bleiben.«
»Da ist ja der Ausreißer.« Thomas Schulz kam angelaufen.
Franzi merkte, wie Feuerherz einen Schritt zurück machte.
Isa hielt ihn fest.
»Thomas, kannst du den Anhänger nach Hause kutschieren? Isa und Stefanie würden auch bei dir mitfahren«, bat Viktor Frankenberg. »Ich muss noch Papierkram erledigen.«
»Sie können uns jederzeit anrufen, wenn Sie Hilfe benötigen, aber die Kollegen in Ihrem Landkreis sind natürlich auch sehr gut«, erklärte Kommissar Peters.
Frankenberg fuhr sich gestresst durch die Haare. »Danke, sehr freundlich.«
Kommissarin Aslan drehte sich zu den drei !!!. »Ruft uns bitte an, ehe ihr euch in eine gefährliche Situation begebt.«
»Aber manchmal ist es dann auch zu spät«, raunte Franzi ihren Freundinnen zu.
Die drei !!! halfen Isa beim Verladen von Feuerherz. Als der Anhänger vom Parkplatz gefahren und Viktor Frankenberg verschwunden war, hatte Franzi plötzlich ein komisches Gefühl. »Paul, ich muss noch mal auf die Toilette, und Kim und Marie auch. Kannst du kurz warten?«

Paul zog die Stirn kraus. »Gehört es auch zu deinem detektivischen Spürsinn, dass du weißt, wenn alle auf die Toilette müssen?«
Franzi lachte. »Ganz genau.«
»Gut, ich hole schon mal das Auto.«
Die drei !!! zeigten ihre Bändchen an der Kasse.
»Das Büro ist über der Tribüne«, sagte Marie und lief die Treppen hinauf.
»Wartet! Ich hab doch versprochen, dass ich auf Peppo aufpasse.« Kim rannte zu ihrem Sitzplatz. Das Einhorn lag auf dem Boden. Kim hob es auf. »Peppo, gut, dass du gewartet hast.«
Sie liefen die Treppen hinauf und betraten durch eine Glastür einen Raum, der wie ein Großraumbüro aussah. Ein Mann mit einer Glatze erklärte einer Frau mit schickem Federhut gerade, dass sie leider auf das falsche Pferd gesetzt hatte. Marie deutete zu einem Schreibtisch, an dem Viktor Frankenberg saß. Er fuhr sich gestresst durch die dunklen Locken. Ihm gegenüber saß eine ältere Dame in einem Hosenanzug, die aufgeregt mit ihm sprach. »Das könnte ja jeder machen, der schlecht abgeschnitten hat. Der Auftritt zählt, Herr Frankenberg.«
Viktor Frankenberg stand auf. »Schade.«
Franzi deutete auf eine Frau mit blonden Haaren, die die Treppe hinauflief und ebenfalls durch die Glastür hereinkam. Es war Martha Friesmann.
Die drei !!! gingen hinter einem Aktenschrank in Deckung.
Vorsichtig lugte Franzi hinter ihrem Versteck hervor und be-

obachtete, wie Viktor Frankenberg den Kopf schüttelte. Die Frau bekam rote Flecken im Gesicht. »Du hast gesagt, dass er gewinnt. Es war eine sehr hohe Summe, und die will ich zurück!«, fauchte sie. »Von dir!«

Herr Frankenberg ließ den Blick durch den Raum streifen und Franzi duckte sich blitzschnell. Ihr Herz hämmerte so laut, dass sie das Gefühl hatte, es würde gleich losgaloppieren.

Die drei !!! hielten die Luft an.

»Schön doof, dass ich dir geglaubt habe und auch noch halbe-halbe machen wollte«, hörten sie Martha Friesmann zischen.

»Nicht hier«, raunte Frankenberg. »Wir besprechen das woanders.«

Nach einigen Sekunden trauten sie sich, an der Schrankwand vorbeizulinsen. Viktor Frankenberg und Martha Friesmann verließen gerade das Büro und liefen hintereinander die Treppe der Tribüne nach unten Richtung Ausgang.

»Hinterher!«, zischte Franzi.

Die drei Mädchen kamen aus ihrem Versteck hervor und rannten durch die Tür, die Treppe hinunter. Herr Frankenberg und Frau Friesmann liefen Richtung Parkplatz. Mit versteinertem Gesichtsausdruck stieg Martha Friesmann in ihren schwarzen Geländewagen, Viktor Frankenberg setzte sich ebenfalls in sein Auto.

Kim, Franzi und Marie gingen hinter einem Kleinbus in Deckung. Durch die getönten Scheiben beobachteten sie, wie die beiden Autos vom Parkplatz fuhren.

»Wo ist denn jetzt Paul?« Franzi sah sich um.

»Da!« Marie zeigte auf ein graues Auto, das gerade auf den Parkplatz gefahren kam. Die drei !!! sprangen hinein.
»Paul, Undercover-Verfolgungsjagd!«, rief Franzi und deutete auf das Auto von Viktor Frankenberg, das hinter dem Geländewagen von Martha Friesmann gleich hinter einer Kurve verschwinden würde.
»Was? Ich soll meinem Onkel heimlich folgen?« Paul setzte sich seine Sonnenbrille auf.
»Dein Onkel hat irgendein Geheimnis«, erklärte Franzi.
Paul fuhr los. Die Reifen quietschten, als er vom Parkplatz auf die Straße abbog. »Huch, wie habe ich das denn gemacht?«
»Sehr professionell.« Franzi sah ihn von der Seite an und lachte. Eine Locke, von der Sommersonne aufgehellt, fiel ihm in die Stirn. So sah kein eiskalter Autofahrer aus. Franzi wurde warm ums Herz, aber sie schüttelte den Gedanken ab und dachte an Feuerherz. Warum war der Hengst durchgegangen?
Sie fuhren eine Weile hinter den beiden Autos her, die sich Richtung Stadtrand bewegten. »Du schlägst dich sehr gut. Dafür, dass du gerade erst deinen Führerschein gemacht hast«, sagte Kim.
Paul starrte konzentriert nach vorne. »Die sind ganz schön schnell.« Der Abstand zwischen ihnen und den anderen beiden Wagen wurde größer.
»Los, gib Gummi«, feuerte Franzi Paul an, aber der zeigte auf ein Straßenschild. »Hier darf man nicht schneller als achtzig fahren.«
»Paul hat ja den Führerschein auch gerade erst gemacht. Da

sollte er sich an die Verkehrsregeln halten«, mischte sich Kim ein.

»An die muss man sich sowieso immer halten«, ergänzte Marie.

Paul drosselte das Tempo.

Im selben Moment bog ein Traktor vor ihnen auf die Straße ein und bremste sie aus.

Paul seufzte. »Mist, hier kann ich nicht überholen!«

Schrecklicher Verdacht

»Schade, dass die Verfolgungsjagd so schnell vorbei war«, stöhnte Franzi, als sie durch die Toreinfahrt auf dem Gestüt Frankenberg fuhren. Thomas Schulz kam ihnen in seinem Auto entgegen und winkte. »Wäre der Traktor nur fünf Sekunden später, und zwar nach uns auf die Straße gefahren, dann wüssten wir jetzt mehr!«
Alexandra kam ihnen entgegen. »Hallo, Franzi, hallo, Paul! Isa und meine Mutter haben schon alles berichtet – danke, dass ihr Feuerherz eingefangen habt!«
»Gerne«, sagte Franzi. »Das war doch selbstverständlich.«
Paul nickte.
»Aber nicht jeder hat ein Gespür dafür, wie man ein gestresstes Pferd von einer befahrenen Straße holt«, sagte Alexandra anerkennend. »Zum Glück wart ihr da!«
»Wo warst du eigentlich?«, fragte Marie.
Alexandra blickte zu Boden. »Ich wollte es mir nicht ansehen.«
»Weil du eifersüchtig bist?«, fragte Marie geradeheraus.

»Na ja, sie sind Letzter geworden«, entgegnete Alexandra. »Wer weiß, vielleicht wäre das mit mir anders gewesen.«
»Vielleicht war aber auch irgendwas mit Feuerherz«, gab Kim zu bedenken.
»Ja, das denke ich auch. Isa hat nichts falsch gemacht oder so.« Franzi überlegte. »Feuerherz wurde plötzlich so unruhig.«
»Wie geht es Isa jetzt?«, fragte Kim. »Und wo ist sie?«
»Sie liegt auf dem Sofa und ruht sich aus«, erklärte Alexandra. »Wir machen ihr gerade Apfelpfannkuchen. Wollt ihr auch welche?«
»Au ja!« Kims Augen begannen zu strahlen.
»Ich sage euch Bescheid, wenn sie fertig sind.« Alexandra verschwand wieder im Haus.
»Lasst uns mal nach Feuerherz gucken.« Franzi lief in den Stall, ihre Freundinnen und Paul folgten ihr.
»Ihr habt ja Großes geleistet«, wurden sie von Benjamin begrüßt. Er war gerade dabei, Hafer in Feuerherz' Futtertrog zu füllen.
»Lass es dir schmecken, Feuerherz«, sagte Franzi.
»Nach der ganzen Aufregung braucht er bestimmt mehrere Portionen«, vermutete Kim.
Gespannt starrten alle auf den Hengst. Kurz hielt er seinen Kopf über den Trog, dann drehte er sich weg.
»Huch, das ist ja komisch.« Franzi schnappte sich einen rot glänzenden Apfel aus der Schubkarre. »Guck mal, der ist saftig und süß.«
Aber Feuerherz schnaubte nur einmal.

»Feuerherz, du musst dir keine Sorgen machen, dass ihr nicht gewonnen habt«, redete Franzi beruhigend auf ihn ein. »Das ist alles unwichtig. Wichtig ist, dass man Spaß an dem hat, was man tut.«

Benjamin lächelte. »Sehr lieb von dir, Franzi.«

Sie streckte ihren Arm weiter aus und hielt die Frucht direkt unter die Pferdeschnauze, aber das Pferd machte keine Anstalten, den Apfel zu fressen.

»Komisch, nach dem anstrengenden Nachmittag muss er doch riesigen Hunger haben«, wunderte Franzi sich und biss selbst in den Apfel.

»Vielleicht war das alles zu viel Stress für ihn.« Kim zupfte eine Möhre aus dem Bund in der Schubkarre und hielt sie Feuerherz hin. »Oder hast du eher Hunger auf Gemüse?«

Das Pferd reagierte nicht.

»Könnte Feuerherz krank sein?«, fragte Marie.

»Das habe ich auch schon überlegt.« Paul schüttete noch einige Blüten in den Futtertrog. »Allerdings hatte er bei seinem Ausbruch gerade noch sehr viel Kraft.«

»Vielleicht sollten wir ihm Pferdekaffee machen?«, meinte Marie und lachte. »Mein Vater kommt ohne Kaffee morgens ganz schlecht in die Gänge. Und sobald die Wirkung des Koffeins nachlässt, wird er wieder müde.«

»Drogen«, murmelte Franzi und erschrak.

»Was ist?«, fragte Kim.

»Ich brauche mal frische Luft.« Franzi versuchte, Kim und Marie unauffällig zuzuzwinkern.

Marie verstand. »Ja, lasst uns mal schauen, wie weit die Apfelpfannkuchen sind.«
»Vielleicht bekommt Feuerherz Hunger, wenn wir weg sind«, sagte Kim.
Die drei !!! verließen den Stall und Paul folgte ihnen. Sie setzten sich auf die Bank unter der Linde.
»Kann es sein, dass Feuerherz irgendetwas bekommen hat?«, fragte Franzi.
Kim zog die Stirn kraus. »Was meinst du?«
»Es gibt doch immer wieder diese Skandale, zum Beispiel im Profiradsport«, begann Franzi. »Die Radsportler nehmen irgendwelche verbotenen Mittel, um ihre Leistungskraft zu steigern.«
»Ah, du meinst Dopingmittel?«, fragte Marie. »Was ist das eigentlich genau?«
»Es gibt Substanzen, die Tiere oder Menschen nehmen können, um ihre Leistungskraft zu verbessern«, erklärte Paul. »Das sind meistens chemische Stoffe, und sie sind verboten, denn diese Mittel haben unerwünschte Nebenwirkungen, die auch der Gesundheit schaden können.«
»Außerdem ist es total unfair, wenn man den Wettkampf dadurch gewinnt«, sagte Kim.
»Und wie kann man herausfinden, ob ein Pferd gedopt wurde?«, erkundigte sich Marie.
»Da gibt es strenge Richtlinien für die Kontrollen«, erklärte Paul. »Es werden Urinproben der Pferde untersucht, direkt vor dem Turnier.«

»Ich fasse zusammen«, begann Marie. »Wir wissen noch immer nicht, wer Bella aus dem Stall gelassen hat und ob jemand diesen Balken manipuliert hat.«

»Es gibt auch keine Hinweise auf Feuerherz' Entführer«, fuhr Franzi fort.

»Außerdem haben wir keinen Schimmer, warum«, ergänzte Kim.

»Und was mit Feuerherz passiert ist«, schaltete nun auch Paul sich ein. »Denn normalerweise hätte er das Turnier sicher mit Bravour absolviert.«

»Alexandra ist weiterhin verdächtig.« Marie holte aus der Tasche ihres Kleides eine kleine Tüte Gummibärchen und verteilte sie. »Von Finn.«

»Super, dass er so gerne teilt«, sagte Kim. »Meine Brüder können das gar nicht.«

»Wo wir wieder beim Thema sind.« Franzi nieste, zupfte ein Taschentuch aus ihrem Beutel und putzte sich die Nase. »Hat Alexandra aus Eifersucht auf ihre Schwester gehandelt?«

»Das ist denkbar«, meinte Kim. »Aber wir sollten das Ganze auch noch mal aus einem anderen Blickwinkel betrachten: Die Frankenbergs haben Geldsorgen. Ziemlich große sogar.«

»Stimmt. Und Herr Frankenberg hat diesen seltsamen Kontakt zu einer Martha Friesmann, die bei der Bank arbeitet.« Marie steckte sich ein rotes Gummibärchen in den Mund. »Aber da scheint noch etwas anderes zu laufen, denn sie war vorhin beim Rennen und hat Herrn Frankenberg wütend gesagt, dass es eine hohe Summe war.«

Franzi klatschte sich mit der Hand an den Kopf. »Wahrscheinlich hat sie eine hohe Summe auf Feuerherz gesetzt.«
»Du meinst, sie hat gewettet? Pferdewetten?«, hakte Kim nach.
»Das ist es«, sagte Marie. »Und dann war sie sauer, weil er verloren hat.«
Kim zog die Stirn kraus. »Klar, da kann man enttäuscht sein. Aber sauer? Das gehört doch bei Wetten dazu, dass man auch verlieren kann.«
»Vielleicht war sie sich aber auch total sicher, dass Feuerherz gewinnt«, überlegte Franzi.
»Waren wir doch auch«, warf Kim ein.
»Ja, aber wir hätten nicht Unsummen auf ihn gesetzt.« Franzi kaute nachdenklich auf einem Gummibärchen herum. »Sie war sich sicher, weil Frankenberg Feuerherz gedopt hat und sie davon weiß.«
»Das könnte sein. Es passt alles zusammen«, sagte Kim.
»Nur wie haben die beiden das angestellt? Es gibt doch Dopingkontrollen?«, fragte Paul.
»Das finden wir heraus.« Franzi zog ihr Handy aus der Tasche und wählte eine Nummer. »Hallo, Papa, wir brauchen deine Hilfe.«
Franzi schilderte ihrem Vater den Verdacht und lauschte. »Wir brauchen Urin von Feuerherz«, erklärte sie, nachdem sie das Gespräch beendet hatte.
Marie verzog das Gesicht. »Und wie sollen wir das machen? Er kann ja nicht auf die Toilette gehen und in einen Becher pinkeln.«

»Benjamin kann uns helfen. Er weiß, wie so etwas geht«, meinte Paul.

»Sollen wir ihn einweihen?«, fragte Kim.

»Eher nicht«, meinte Franzi.

Als die vier den Stall wieder betraten, war Benjamin gerade dabei, das Pferd zu striegeln. »Feuerherz hat eine Karotte gegessen«, berichtete er. »Und er wirkt jetzt wirklich müde.«

»Mein Vater würde ihn noch mal untersuchen«, begann Franzi. »Aber zuerst benötigen wir Urin von ihm.«

»Okay.« Benjamin stand auf und ging zum Regal. »Heute Morgen durfte ich das schon bei Bella machen.« Er nahm einen Plastikbecher in die Hand.

»Gut, wir warten draußen«, entschied Marie.

»Ich sehe mir noch schnell Bellas Bein an«, sagte Paul.

»Wozu brauchten sie denn Bellas Urin?«, fragte Kim draußen auf dem Hof und gab sich die Antwort gleich selbst. »Wenn Feuerherz wirklich gedopt ist, mussten sie eine andere Probe abgeben.«

»Und dann haben sie einfach Bellas Urin genommen«, ergänzte Franzi.

»Aber wie haben sie das gemacht?«, überlegte Kim. »Die Kontrollen sind doch so streng.«

»Vielleicht kennt diese Martha Friesmann da irgendwen, der die Kontrollen macht?«, überlegte Marie.

Franzi erschrak, denn Viktor Frankenberg kam auf den Hof gebrettert. Er bremste und sprang aus dem Auto. »Hallo«, grüßte er knapp in die Runde.

Genau im selben Moment kam Paul mit dem Urinbecher auf den Hof. Schnell versteckte er ihn hinter seinem Rücken.
Aber Herr Frankenberg achtete gar nicht auf Paul und lief die Treppen zum Eingang hinauf. Dabei stieß er fast mit Alexandra zusammen, die ein großes Tablett trug.
»Papa, kannst du mir das bitte mal abnehmen?«
Viktor Frankenberg atmete tief durch und nahm seiner Tochter das Tablett ab. Mit einem zweiten Tablett erschien Frau Frankenberg an der Tür.
Kim und Franzi liefen zu ihr, um es ihr abzunehmen.
»Paul, isst du auch mit?«, fragte sie.
Paul schüttelte den Kopf. »Ich muss noch eine neue Prothese für Eule Mathilda anpassen«, erklärte er bedauernd. »Übrigens, Bellas Wunde am Bein ist schon fast verheilt.«
Franzi beobachtete, wie Paul kurz darauf durch die Toreinfahrt fuhr. Sie versuchte ihre Gedanken an Paul abzuschütteln, Konzentration war jetzt gefragt!
»Also ich finde, es grenzt an ein Wunder, dass dir nichts passiert ist, Isa!«, sagte Frau Frankenberg, als alle auf der Terrasse hinter dem Haus Platz genommen hatten.

In Windeseile hatten sie zusammen Teller, Gläser und Besteck verteilt. Frau Frankenberg reichte einen großen Teller mit dampfenden Apfelpfannkuchen herum.
»Ich bin auch sehr glücklich, Isi.« Herr Frankenberg streichelte seiner Tochter über den Arm.
»Haben Sie eine Ahnung, was mit Feuerherz los war?«, fragte

Franzi, als sie einen Löffel Sahne auf ihrem Pfannkuchen verteilte.
Die drei !!! beobachteten seine Reaktion ganz genau, um zu sehen, ob er sich verdächtig verhielt.
Er schüttelte den Kopf. »Nein, leider nicht.«
»Benjamin hat gesagt, dass Feuerherz so gut wie nichts frisst«, sagte Kim und steckte sich die Gabel in den Mund.
»Ach, das wird schon wieder«, antwortete Viktor Frankenberg schwach. »Wir machen weiter. Das nächste Turnier ist in zwei Wochen.«
Seine Frau sah ihn entsetzt an. »Das kann ja wohl nicht dein Ernst sein, Viktor. Feuerherz hat irgendwas, wir wissen noch immer nicht, wer ihn entführt hat, und deine Tochter hatte heute einen Unfall.« Ihre Stimme überschlug sich fast. »Und du willst einfach weitermachen? Das lasse ich nicht zu!«

In der Klemme

»Wir bekommen keinen Kredit, Steffi. Fällt dir was anderes ein?« Herr Frankenberg wischte sich den Mund mit einer Serviette ab, stand auf und verließ ohne ein weiteres Wort die Terrasse.
»Entschuldigt mich kurz.« Frau Frankenberg stand ebenfalls auf und lief ihrem Mann hinterher.
Kim, Franzi und Marie warfen sich Blicke zu. »Ich muss mal kurz auf die Toilette«, erklärte Franzi und stand auf. Als sie die Terrasse verlassen hatte und außer Sichtweite war, beschleunigte sie ihr Tempo. Sie wollte unbedingt hören, worüber das Ehepaar Frankenberg in dieser Situation sprechen würde, aber die beiden waren im Haus verschwunden. Stattdessen stand plötzlich Paul vor ihr.
»Was machst du hier?«, fragte Franzi.
»Ich habe mein Handy im Stall vergessen und bin den halben Weg noch mal zurückgefahren. Jetzt fahre ich endlich ins Labor und dann zu euch. Wollt ihr vielleicht jetzt mitkommen?«
Franzi freute sich, Paul so schnell wiederzusehen. »Ich denke,

ja. Die Stimmung hier ist total am Boden und bestimmt wollen die Frankenbergs mal unter sich sein.«

Detektivtagebuch von Kim Jülich
Dienstag, 19:17 Uhr

Heute war das große Turnier und Feuerherz und Isa sind Letzte geworden. Aber nicht, weil sie so schlecht waren, sondern weil Feuerherz mit Isa durchgegangen ist und sie abgeworfen hat. Zum Glück ist Isa nichts passiert!
Feuerherz war total von der Rolle und ist abgehauen, aber unserer Pferdeflüsterin Franzi ist es gemeinsam mit Paul gelungen, den Hengst wieder einzufangen. Seither verhält er sich komisch. Er ist sehr müde und hat keinen Hunger. Franzi, Marie und ich haben noch auf der Rennbahn mitbekommen, dass Frankenberg und Frau Friesmann, die bei der Bank arbeitet, irgendetwas im Schilde führen. Wir wollten die beiden heimlich beschatten, aber leider nahm unsere Undercover-Verfolgungsjagd ein jähes Ende, als ein Traktor vor uns auf die Straße bog. Wir vermuten aber, dass sie eine hohe Summe auf Feuerherz gesetzt hat, weil sie sicher war, dass Feuerherz gewinnen würde. Sie hatte irgendeinen Deal mit Frankenberg.
Als Marie dann im Stall gescherzt hat, dass ihr Vater ohne Kaffee morgens nicht zu gebrauchen ist, kam Franzi der Gedanke, dass Feuerherz gedopt worden sein könnte. Herr Frankenberg war nach seiner Rückkehr auf das Gestüt sehr gestresst und hat berichtet, dass sie den Kredit von der Bank nicht bekommen. Er möchte gleich beim nächsten Turnier wieder dabei sein, was seine Frau nicht zulassen will. Wie das alles genau zusammenhängt, müssen wir herausfinden. Ein Studienfreund von Herrn Winkler betreibt ein Labor, in dem untersucht wird, ob in Feuerherz' Urin Dopingmittel nachweisbar sind. Komisch ist auch, dass Benjamin heute Morgen Urin von Stute Bella besorgen sollte. Hat Viktor Frankenberg Feuerherz also gedopt und heim-

lich den Urin von Bella beim Turnier eingereicht? Um zu vertuschen, dass Feuerherz verbotene Mittel bekommen hat, damit er leistungsfähiger ist und dann gewinnt? Ich bin so gespannt auf die Laborergebnisse! Wir wollen sie abwarten und dann weitere Schritte besprechen.

Geheimes Tagebuch von Kim Jülich
Dienstag, 20:02 Uhr

►Das geheime Tagebuch von Kim Jülich darf von niemand anderem außer der Verfasserin gelesen werden!!! Wenn du dich nicht daran hältst und trotzdem weiterliest, musst du innerhalb von fünf Minuten drei von Franzis Kräuterklopsen essen!◄

Ich habe mich entschieden: Dabei sein ist alles! Man muss es wenigstens versuchen und es ist nicht wichtig, ob man gewinnt. Na ja, vielleicht ein bisschen. Aber wenn man es gar nicht erst versucht, kann man auch nicht gewinnen. Ich habe Davids und meinen Fantasy-Krimi bei dem Schreibwettbewerb eingereicht. Ohne ihn zu fragen. Heute war Einsendeschluss und David war nicht erreichbar. Aber ich bin trotzdem sicher, dass es die richtige Entscheidung ist.

Morgen treffen Marie, Franzi und ich uns nach der Schule in unserem Stammcafé *Lomo*.

Hoffentlich kommt Franzi ein bisschen runter nach allem, was sie heute geleistet hat. Langsam müsste sie sich doch auch mal auf Blake freuen, oder nicht?

Immerhin hat Marie Grund zur Freude. Holger hat morgen seine erste Nachhilfestunde bei Lilo!

So, ich gehe jetzt ins Bett. Vielleicht träume ich von einer Schriftstellerkarriere. Oder von David ♥! Oder von einer Schriftstellerkarriere mit David. Nein! Ich träume einfach nur von David! Das »nur« streiche ich. Ich träume von David!

Träum! ♥

Franzi hatte das Gefühl, dass sie in der Nacht kaum geschlafen hatte. Heute Abend war es so weit. Blake kam von seinem Austauschjahr zurück. Sein Flugzeug sollte abends landen. Wie sie diesen Augenblick bis vor ein paar Wochen herbeigesehnt hatte! Und jetzt? Sie wusste nicht, ob sie sich freuen oder heulen sollte. Den ganzen Schultag schon hatte sie schlechte Laune gehabt. Lag es daran, dass sie unbedingt erst mal diesen Fall aufklären wollte? Oder lag es daran, dass sie in Paul verknallt war? War sie das überhaupt? Warum hatte sie keinen Knopf, mit dem man Gefühle ausstellen konnte?

»Haaallloooo!« Kim und Marie sprangen vor Franzi auf und ab und winkten wild.

»Ach, hallo!« Franzi hatte nicht bemerkt, dass ihre Freundinnen bereits vor ihr standen.

»Wie immer?«, fragte Kim.

»Ja, ich brauche heute doppelt Sahne«, erklärte Marie mit ernster Miene. Sie setzte sich neben Franzi auf das Korbsofa.

»Ich auch«, seufzte Franzi.

Kim winkte die Bedienung herbei und gab die Bestellung auf. »Drei *LICKs* mit doppelt Sahne.«

Die Bedienung lächelte. »Kommt sofort!«

LICK war die Abkürzung für *Lomo Iced Choc Kick*, das absolute Lieblingsgetränk der Detektivinnen im Sommer, bestehend aus eisgekühltem Kakao mit Vanilleeis und weißen Schokoraspeln.

»So, und jetzt erzählt mal.« Kim sah ihre Freundinnen gespannt an.

»Lilo sieht aus wie ein Topmodel!«, brach es aus Marie heraus.
»Was?« Kim zog die Stirn in Falten.
»Holgers Nachhilfelehrerin! Ich habe sie vorhin gesehen, als Holger und ich uns für heute Abend verabredet haben. »Nix da mit ältere Frau! Sie hat gerade Abi gemacht und eine ganz tolle Ausstrahlung.«
»Aber ist das nicht egal?«, fragte Kim. »Hauptsache, sie bringt Holger mathematische Gleichungen und so bei.«
Die Bedienung servierte den Mädchen ihre Getränke.
»Danke«, sagten alle.
Marie löffelte sich einen großen Berg Sahne in den Mund. »Ich bezweifele, dass Holger sich auf die mathematischen Gleichungen konzentrieren kann. Die ist einfach …«, Marie nahm noch einen Löffel, »… erste Sahne.«
»Warte erst mal ab. Vielleicht ist sie ja nicht sein Typ«, versuchte Kim sie zu beruhigen.
Maries Handy piepte. Sie starrte auf das Display. »Ich sag es doch. Jetzt fragt er, ob wir unser Treffen verschieben können, weil Lilo ihm noch eine zusätzliche Stunde geben will.«
»Was?«, fragte Franzi, die gar nicht richtig zugehört hatte. »So schlecht ist Holger nun auch wieder nicht.«
»Genau!« Marie nickte. »Und was ist bei euch so los?«
»Ich habe Davids und meinen Fantasy-Krimi beim Schreibwettbewerb eingereicht«, berichtete Kim mit glühenden Wangen und löffelte sich dabei Schokoraspeln in den Mund.
»Toll! Wollte David das also auch?«, fragte Marie.

»Ich konnte ihn nicht fragen, gestern war Einsendeschluss und er war mit Freunden im Kino«, berichtete Kim. »Aber er hat mir vorhin geschrieben, dass es für ihn okay ist.«
»Wahnsinn, ein Pärchen, bei dem alles läuft wie geschmiert.« Marie lächelte.
»Na ja, das war ja auch nicht immer so«, meinte Kim.
»Ich freue mich für euch«, sagte Marie und klaute Kim einen Löffel Sahne von ihrem *LICK*.
»Franzi, du bist so still.« Kim sah sie mitfühlend an. »Was ist denn los?«
Franzi wusste nicht, was sie sagen sollte, da klingelte ihr Handy. »Das ist die Praxisnummer von meinem Vater.« Schnell ging sie ran. »Hallo, Papa.« Sie lauschte, dabei wurden ihre Augen immer größer. »Alles klar, danke, Papa.« Franzi legte auf. »Unser Verdacht hat sich bestätigt. Feuerherz hat Dopingmittel bekommen.«
»Das ist ja schrecklich!«, rief Kim entsetzt. Sie zog ihr Handy aus der Tasche. »Ich gebe mal *Doping bei Pferden* in die Suchmaschine ein.«
Franzi und Marie starrten auf Kims Display.
»Adrenalin oder andere Stimulanzen versetzen das Pferd in höchste Leistungsbereitschaft«, las Kim vor. *»Es ist ununterbrochen in Alarmbereitschaft und sein Herz pumpt Unmengen von Blut durch den Körper, um alle Muskeln mit ausreichend Sauerstoff zu versorgen. Das ist sehr unangenehm für das Pferd und führt auf Dauer zu Herzschäden. Außerdem ist es schlapp, wenn es nichts gespritzt bekommt.«*

»Der arme Feuerherz.« Marie seufzte.
»Das erklärt auch seine Müdigkeit«, sagte Franzi besorgt. »Hoffentlich wird er nicht schon länger gedopt.«
»Meint ihr, dass das Viktor Frankenberg war?«, fragte Kim.
»Ja, wahrscheinlich schon, oder?« Marie überlegte. »Aber dass er Feuerherz entführt hat, glaube ich nicht.«
»Wir müssen ganz schnell zum Gestüt.« Franzi nahm den letzten Schluck ihres *LICKs*. »Der Dopingfall wird zwar so oder so gemeldet, aber wir sollten den Schuldigen vorher stellen.«
Kim wühlte hektisch Geld aus ihrem Portemonnaie. »Ich lade euch ein.«
»Danke!« Franzi stand auf. »Wir müssen uns jetzt auch dopen.« Sie streckte den Arm aus.
Marie lächelte. Sie legte ihre Hände auf Franzis Hand, Kim tat es ihr nach. *»Die drei !!!«,* sagten alle drei im Chor. Franzi sagte: »Eins!«, Kim »Zwei!« und Marie »Drei!«. Dann warfen sie die Arme in die Luft und riefen: »Power!!!«
Auf den Powerspruch war Verlass. Wie jedes Mal, wenn die drei !!! ihn durchführten, spürte Franzi, dass sich eine Energie-Welle in ihrem Körper ausbreitete.
»Es gibt übrigens auch einen Bus, mit dem wir zum Gestüt fahren können«, berichtete Kim.
»Dann lasst uns den nehmen«, beschloss Franzi. »Ich brauche mal Abstand.«
»Von Paul?«, fragte Marie.
»Kann sein.« Franzi war nicht nach Reden zumute, sie wollte jetzt erst mal den Fall lösen.

Sie machten sich auf den Weg zur Bushaltestelle, stiegen kurz darauf in den Bus und eine Dreiviertelstunde später wieder aus. Das Gestüt Frankenberg war wenige hundert Meter von der Bushaltestelle entfernt und sah von Weitem wunderschön aus.
»Was machen wir denn jetzt?«, überlegte Kim. »Viktor Frankenberg weiß ja, dass wir Detektivinnen sind, und wird sich hüten, sich vor uns irgendwie verdächtig zu verhalten.«
»Wie wäre es, wenn wir uns heimlich im Pferdestall verstecken?«, schlug Franzi vor.
»Guter Plan«, sagte Marie verschwörerisch.
Sie lugten durch die Toreinfahrt. Auf dem Hof war es ruhig. Eine braun getigerte Katze lag zusammengerollt in der Sonne. Benjamin verließ mit einer leeren Schubkarre den Pferdestall Richtung Gemüsebeet.
Zwei Autos standen auf dem Hof. »Die sind von den Frankenbergs«, flüsterte Franzi. »Also sind beide zu Hause.«
»Was ist, wenn sie uns sehen?«, fragte Kim.
»Dann tun wir ganz normal, wie immer.« Marie zog eine lustige Grimasse und lachte.
Franzi kicherte. »Das ist ein großartiger Plan, Marie.«
Auf leisen Pfoten schlichen die Detektivinnen über den Hof Richtung Pferdestall und huschten hinein.
Franzi sah sich um. »Am besten, wir klettern da hoch.« Sie zeigte auf eine Holzleiter, die nach oben auf einen kleinen Heuboden führte, der sich genau über den Pferdeboxen von Feuerherz und Bella befand. Schnell kletterten sie nacheinander nach oben. Hier standen einige alte Kisten. Kim klappte

eine auf, darin befand sich ein alter Sattel und Zaumzeug. In einer weiteren waren Pferdebürsten.
»Man sieht, dass es hier früher einmal deutlich mehr Pferde gegeben haben muss.« Marie zeigte nach unten.
Vom Heuboden aus hatte man einen sehr guten Überblick über den gesamten Pferdestall. Auf beiden Seiten der Stallgasse gab es fünf Boxen. In manchen standen ein paar alte Geräte, aber die meisten waren einfach leer. Bis auf die zwei Boxen von Feuerherz und Bella mit Wirbelwind. Feuerherz stand in seiner Box und bewegte sich kaum, während in der anderen Box Wirbelwind auf seinen langen dünnen Beinen um seine Mutter herumstakste.
»Was machen wir, wenn nichts passiert?«, fragte Marie mit einem Blick auf die Uhr. Im selben Moment waren Schritte zu hören.
Um nicht gesehen zu werden, legten die drei !!! sich flach auf den Boden. Schräg unter ihnen betrat Stefanie Frankenberg den Stall und ging direkt zu Feuerherz. Aus der Tasche ihrer Strickjacke fischte sie einen knallroten Apfel, ein Taschenmesser und ein kleines braunes Fläschchen. Die Detektivinnen tauschten einen bedeutungsvollen Blick. Stefanie Frankenberg sah sich kurz um, dann holte sie mit dem Messer das Kerngehäuse aus dem Apfel und warf es in einen Eimer mit ausgemistetem Heu, der hinter ihr stand. Anschließend schraubte sie das braune Fläschchen auf und ließ ein paar Tropfen in den von oben ausgehöhlten Apfel fallen. Franzi konnte nicht glauben, was da passierte. War es etwa Stefanie Frankenberg, die

Feuerherz dopte? Frau Frankenberg schraubte die Flasche wieder zu, ließ sie in ihrer Tasche verschwinden und hielt dem Pferd den Apfel hin. »Komm, Herzi, das tut dir gut.«
Franzi wollte gerade aufspringen, da ging die Stalltür auf. »Stefanie, was machst du denn hier?« Das war Viktor Frankenbergs Stimme.
Die drei !!! beobachteten, wie Frau Frankenberg den Apfel wieder zurückziehen wollte, aber in dem Moment schnappte sich Feuerherz die Frucht. »Ich wollte mal gucken, wie es ihm geht«, erklärte Frau Frankenberg knapp und lief dann mit starrem Blick an ihrem Mann vorbei aus dem Stall.
Franzi wollte aufstehen, aber Marie hielt sie am Ärmel fest und wisperte: »Stopp.« Sie deutete auf Viktor Frankenberg, der sich jetzt, genau wie seine Frau zuvor, prüfend umsah und dann etwas aus seiner Tasche holte.
Franzi traute ihren Augen nicht. »Jetzt verstehe ich gar nichts mehr«, wisperte sie ihren Freundinnen zu.
Die drei !!! beobachteten, wie Herr Frankenberg die Pforte von Feuerherz' Box öffnete. »Du brauchst Kraft, Feuerherz«, sagte er. In diesem Moment fiel ein Sonnenstrahl in den Stall. Die Spitze einer Spritze blitzte auf. Jetzt gab es kein Halten mehr.
»Stopp!«, schrie Franzi, so laut sie konnte. Dabei sprang sie auf und kletterte die Leiter hinunter. Sie stürzte in die Box, wo Viktor Frankenberg gerade die Spritze in seiner Jackentasche verschwinden ließ. »Franzi, was ist denn mit dir los?«
»Sie dopen Feuerherz!«, rief Franzi.
»So ein Quatsch!« Viktor Frankenberg schüttelte den Kopf.

»Wir haben die Spritze gesehen«, berichtete Marie, während auch sie von oben herunterkam.
»Außerdem haben wir Feuerherz' Urin untersuchen lassen«, erklärte Franzi. »Und es kam heraus, dass er gedopt wird.«
Kim zeigte auf die Tasche von Frankenbergs grauer Jacke. »Dadrin ist die Spritze mit dem Dopingmittel.«
»Was?« Frau Frankenberg stand plötzlich neben ihnen. Mit einem Griff in die Jackentasche ihres Mannes beförderte sie die Spritze zutage. »Du spinnst ja wohl!«
Viktor Frankenbergs Miene versteinerte sich. »Hast du denn eine Idee, was wir machen sollen? Wir haben nun mal kein Geld. Und mit einem Turniersieg könnten wir die Schulden abbezahlen, die wir durch Isas teure Behandlung angehäuft haben.«
Franzi wandte sich an Frau Frankenberg. »Darf ich Sie mal fragen, was Sie Feuerherz gerade gegeben haben?«
Frau Frankenberg seufzte. »Baldrian. Weil er so unruhig war«, gab sie zerknirscht zu.
»Oder weil sie ihn bewusst müde machen wollten, damit Isa gar nicht erst antreten kann«, vermutete Marie.
Sie hatte anscheinend ins Schwarze getroffen, denn Frau Frankenberg schwieg betreten, dann atmete sie tief ein. »Ich finde es viel zu gefährlich, wenn wir Isa auf Feuerherz noch einmal antreten lassen.«
»Aber sie hat Talent, sie hat alles, was wir brauchen: Geschick, Balance, Rhythmusgefühl«, wandte Viktor Frankenberg ein. »Und sie will es doch auch. Sie ist nicht mehr dein kleines Mädchen. Sie ist erwachsen.«

»Feuerherz ist aber ja anscheinend auch nicht in der richtigen Verfassung!« Frau Frankenbergs Stimme zitterte.
»Weil du ihn mit deinem blöden Baldrian müde gemacht hast!«, entgegnete Herr Frankenberg.
»Baldrian ist zumindest kein verbotenes Mittel«, zischte seine Frau.
»Mein Vater hat gesagt, es wäre gut, wenn Sie selbst melden, dass Sie gedopt haben«, erklärte Franzi nüchtern.
Viktor Frankenberg ließ sich auf den Heuballen fallen. »Ihr habt ja alle recht. Ich habe großen Mist gebaut.« Wie zur Bestätigung hörte man jetzt ein leises Wiehern von Wirbelwind. »Durch Isas Unfall und die Kosten, die danach auf uns zukamen, und durch den Jobverlust meiner Frau sind wir kurz davor, unser Gestüt aufgeben zu müssen. Ich habe in dem Turniersieg eine Chance gesehen.« Frankenberg seufzte. »Das mit dem Doping war eine unbedachte Kurzschlussreaktion. Ich habe über die Stränge geschlagen.« Aus der Tasche seines Hemdes holte er einen kleinen Zettel. »Ich werde mein Vergehen bei der Polizei melden, aber ich werde jetzt den Kredit annehmen. Damit wir erst mal hierbleiben können, wenn ich mich demnächst auch noch vor Gericht verantworten muss.«
»Was? Du willst den Kredit von Thomas annehmen?«, fragte Frau Frankenberg entsetzt. »Das hättest du aber auch früher haben können.«
Herr Frankenberg faltete den Zettel auseinander. »Hier sind seine Konditionen.«
Franzi erhaschte einen Blick auf das Papier. Es war aus einem

Block herausgerissen, aber am Riss war ein grasgrüner Streifen. »Lass uns die Sache mit dem Kredit im Haus besprechen.« Frau Frankenberg sah ihren Mann ernst an.

»Feuerherz muss unbedingt von einem Tierarzt untersucht werden«, erklärte Franzi. »Nicht, dass er bereits Folgeschäden hat.«

»Ich habe mit dem Doping erst vor ein paar Tagen begonnen.« Viktor Frankenberg blickte zerknirscht zu Boden.

»Dann wird es hoffentlich nicht so schlimm sein. Dennoch hast du natürlich recht.«

»Das könnte mein Vater bestimmt machen und die Rechnung dann später stellen«, schlug Franzi vor.

»Das ist aber sehr lieb von dir, Franzi«, sagte Frau Frankenberg.

Herr Frankenberg nickte. »Wenn ich den Kredit annehme, können wir die Rechnung auch bald bezahlen.«

Mit angespannten Gesichtern lief das Ehepaar Frankenberg über den Hof zum Wohnhaus.

Franzi zog ihr Handy aus der Tasche und tippte eine Nachricht. »Ich frage meinen Vater, ob er noch mal kommen kann, um sich Feuerherz anzugucken.«

Die drei !!! liefen über den Hof in Richtung der Gemüsebeete.

»Kommt euch das mit dem Kredit auch komisch vor?«, fragte Kim.

»Ja.« Franzi steckte ihr Handy weg. »Thomas Schulz hat uns doch erzählt, dass er Immobilienmakler ist.«

»Stimmt, er verkauft Häuser«, berichtete Kim.

»Als wir Feuerherz gesucht haben, ist mir aufgefallen, dass er einen grünen Kugelschreiber in seiner Hemdtasche hatte. Das war genau dieses Grün, das da gerade angerissen auf dem Zettel war. Und es sah ein bisschen so aus, als wäre der Zettel absichtlich abgerissen worden.«

»Du meinst, um etwas zu verbergen?«, fragte Kim.

»Er war ja eigentlich supernett und ist sogar diesen Felsen hinuntergeklettert«, überlegte Marie.

»Stimmt, der hat sich sogar in Gefahr begeben, um Feuerherz zu finden«, bestätigte Kim.

»Na ja, wenn man gut klettern kann, ist das nicht so gefährlich«, überlegte Franzi. »Aber er war auf jeden Fall hilfsbereit.«

»Vielleicht zu hilfsbereit?« Kim pflückte eine Stachelbeere von einem Busch.

»Womöglich.« Marie schnappte sich die Stachelbeere und steckte sie in den Mund.

»Na, du bist ja eine tolle Freundin!«, beschwerte sich Kim und pflückte sich noch eine.

»Aber echt. Wie immer ganz schön kaltschnäuzig, der Freundin eine Stachelbeere zu klauen.« Franzi lachte und wurde dann plötzlich ernst. »Kann es sein, dass er gar nicht so ein guter Freund ist und dass er es auf das Gestüt Frankenberg abgesehen hat?«

Ein hinterhältiger Plan

»Oh, das fände ich so schrecklich.« Kim pflückte noch eine Beere und ließ sie in ihrem Mund verschwinden. »Aber ja, es kann sein. Wie oft haben wir schon erlebt, dass doch derjenige, der am unschuldigsten wirkte, am Ende der Täter war.«

»Ihr meint, Thomas Schulz war das mit dem Balken und der Schraube, an der Bella sich verletzt hat?«, fragte Marie.

»Und er hat Feuerherz entführt!«, rief Franzi. »Und das alles, um dem Hof zu schaden! Damit Viktor Frankenberg verkaufen muss.« Franzi wollte es nicht glauben, aber es machte plötzlich alles Sinn. »Und wisst ihr was? Feuerherz war nach der Entführung traumatisiert und deshalb so unruhig. Das hat eine Kette von unglücklichen Umständen nach sich gezogen. Denn weil Frau Frankenberg sich solche Sorgen um Isa gemacht hat, hat sie Feuerherz Baldrian zur Beruhigung gegeben. Daraufhin war er so müde, dass Frankenberg auf die Idee mit dem Doping kam.«

»Weil er unbedingt das Turnier gewinnen wollte«, führte Marie den Gedanken weiter. »Genau, und er hat einen Deal mit dieser Martha Friesmann. Sie hat viel Geld auf Feuerherz gesetzt.«

»Und das hat sie jetzt verloren«, ergänzte Kim. »Vielleicht wollten sie den Gewinn teilen? Sie hat doch gesagt, dass sie halbe-halbe machen wollte.«

»Das kann sein«, sagte Franzi. »Und wisst ihr was? Feuerherz hätte bestimmt sogar gewonnen. Er ist erst gestiegen und dann so wild geworden, als Thomas Schulz auf der Tribüne erschienen ist. Genau in dem Moment hat Feuerherz die Ohren aufgestellt und sich anders verhalten. Er kann sich offenbar erinnern, dass Herr Schulz ihm nichts Gutes wollte.«

Marie schüttelte den Kopf. »Unfassbar.«

»Auf dem Kugelschreiber von Thomas Schulz war eine Weizenähre«, berichtete Franzi. »Kim, recherchier doch bitte mal.«

Hastig gab Kim mehrere Suchbegriffe ein und hielt schließlich ihr Handy hoch. Auf dem Display war ein grünes Logo mit einer weißen Weizenähre zu sehen.

»*Grünland*«, las Franzi vor.

Kim scrollte weiter. »Hier, ein Artikel darüber, dass *Grünland* ganz viele Flächen kauft und expandiert. Um Ackerflächen daraus zu machen.«

»Wo ist denn der Firmensitz?«, wollte Marie wissen.

»Wiesengrund 5. In Grünfeld«, sagte Kim. »Das ist der Nachbarort.«

»Aber was ist mit dem Ohrring von Alexandra?«, fragte Marie. »Sie muss doch auch dort gewesen sein!«

»Vielleicht auch nicht«, überlegte Franzi. Sie entdeckte Benjamin, der auf einem kleinen Traktor mit einem Anhänger voller Heu auf den Hof gefahren kam. »Hey, sag mal, ist dir irgendwas an Alexandra aufgefallen?«

Benjamin sprang vom Traktor. »Nein, was meinst du?«

»Denkst du, sie könnte Feuerherz entführt haben?«, fragte Marie direkt.

Benjamin erschrak. »Ist er wieder weg?«

»Ach so, nein.« Kim lächelte.

»Puh!« Benjamin atmete erleichtert aus. »Ich denke nicht, dass Alexandra Feuerherz entführt hat.«

»Weißt du, ob Thomas Schulz einen Schlüssel für das Haus hat?« Kim deutete auf das Wohnhaus der Frankenbergs.

»Ich glaube nicht, aber er ist manchmal zu Besuch.« Benjamin streichelte eine kleine Katze, die um seine Beine streifte. »Ich sehe mal nach der kleinen Pferdefamilie.« Er verschwand Richtung Stall.

»Als der Balken von der Decke gekracht ist, kam Thomas Schulz kurz darauf an«, fiel Kim ein.

»Stimmt, wahrscheinlich hat er erst die Schraube ins Holz gedreht, anschließend heimlich Bella rausgelassen, und als alle nach ihr gesucht haben, hat er den Balken manipuliert«, fasste Franzi zusammen. »Und den Ohrring entwendet.«

»Kommt, wir sehen uns mal kurz in Alexandras Zimmer um.« Marie lief zur Treppe.

»Warte«, flüsterte Kim. »Wollen wir das etwa heimlich machen?«

Franzi wusste, dass Kim nur im äußersten Notfall etwas Verbotenes tat, aber das hier war einer. »Wenn die Frankenbergs jetzt schon erfahren, was wir vermuten, sprechen sie Thomas Schulz direkt darauf an und dann wird er alles abstreiten!«
»Genau, wir brauchen erst Beweise«, sagte Marie.
Durch die angelehnte Tür schlichen die Detektivinnen ins Haus. Sie betraten einen geräumigen Flur, von dem mehrere Zimmer abgingen, mit einem alten massiven Holzschrank. Die Türen waren verschlossen. Die Stimmen der Frankenbergs drangen gedämpft in den Flur. Eine Holztreppe führte in den ersten Stock. Die drei !!! verständigten sich mit Blicken und huschten die Treppe hinauf. Im ersten Stock stand eine Tür offen. Franzi lugte hinein und entdeckte auf einem Regal mehrere Pokale, an der Wand hing eine Goldmedaille und eine große gerahmte Fotografie von Feuerherz. Zielstrebig ging Marie auf das Regal zu. »Hier, das ist die Schmuckschatulle.«
Rasch hatte Kim ihr Fingerabdruckset aus dem Beutel gefischt und begann die verzierte Holzschachtel einzupinseln. Die sichtbar gewordenen Fingerabdrücke beklebte Franzi mit Klebeband und zog sie ab. Kim klappte ihr Notizbuch auf und Franzi sicherte die Abdrücke darin.
»Es sind dieselben wie die auf dem Schloss im Stall«, stellte Kim aufgeregt fest. Sie zeigte auf die Abdrücke von Alexandra, die sie vom Kaffeebecher genommen hatten. »Sie sind nicht von Alexandra.«
»Jemand wollte ihr die Tat unterjubeln!«, flüsterte Marie. »Und zwar Thomas Schulz.«

»Nein, Papa, ich habe keine Lust. Ich werde nachher in meine Wohnung fahren und dort schlafen«, war plötzlich Alexandras Stimme zu hören.
Die Treppenstufen knarzten. Schritte kamen näher. Die drei !!! sahen sich alarmiert an. Franzi zeigte auf das Bett. Blitzschnell stellte Kim die Schatulle zurück, während Franzi und Marie unter das Bett rutschten. Gerade noch rechtzeitig schmiss auch Kim sich auf den Boden und verschwand unter dem Bett.
Alexandra betrat das Zimmer. Die drei !!! hielten den Atem an. Franzi konnte sehen, wie sie zum Regal ging und die Schmuckschatulle öffnete. Sie wühlte darin herum und knallte sie dann wieder zu. »Ich verstehe das nicht.« In Franzis Nase kitzelte es. Nein! Nicht niesen! Alexandras Füße näherten sich dem Bett. Panisch sahen sich die Detektivinnen an. Wenn sie bei dieser Undercoveraktion entdeckt würden, würden die Frankenbergs ihnen sicher noch weniger glauben. Aber Alexandra ging am Bett vorbei und verließ den Raum wieder. Die Freundinnen atmeten auf. Nach einer Weile trauten sie sich unter dem Bett hervor und verließen das Haus so leise und so schnell, wie sie gekommen waren.
Franzi rannte zu Benjamins Fahrrad, das neben einem weiteren Rad im Ständer stand. »Wir leihen uns die Räder kurz aus. Kim, setzt du dich auf den Gepäckträger?«
Auf dem Radweg fuhren die drei in den nächsten Ort. Franzi und Marie traten so heftig in die Pedalen, dass sie nicht sprechen konnten. Franzis Wangen glühten. Kim sprang vom Gepäckträger. »Hier müsste es sein.«

Franzi und Marie lehnten die Räder an eine Laterne. Sie waren die Hauptstraße Richtung Ortsmitte gefahren und dann bei der Kirche rechts abgebogen. Auf der rechten Seite befanden sich ein rot gestrichenes Fachwerkhaus und eine große Scheune.

»Hausnummer fünf. Firma *Grünland*. Das ist es«, flüsterte Kim.

Plötzlich näherte sich aus Richtung der Hauptstraße ein Auto.

»Das ist Thomas Schulz!« Franzi zog ihre Freundinnen hinter ein grünes Auto, das an der Straße parkte.

Die Detektivinnen duckten sich und konnten durch die Autoscheiben sehen, wie Thomas Schulz anhielt und ausstieg. Er trug eine schwarze Sonnenbrille und pfiff fröhlich vor sich hin, als er in dem Fachwerkhaus verschwand.

»Los, hinterher!«, zischte Franzi.

Sie schlichen auf den Hof. Durch ein Fenster im Erdgeschoss konnte Franzi die Umrisse von Thomas Schulz erkennen. Geduckt pirschten sie sich an das Fenster heran. Es war gekippt, durch den Spalt war eine tiefe Männerstimme zu hören.

»Gute Arbeit, Schulz. Sobald er den Kreditvertrag unterschrieben hat, ist dir eine saftige Belohnung sicher. Für Feuerherz habe ich bereits einen Käufer im Ausland. Er bekommt dann neue Papiere.«

»Und gegen die Hintertürchen in den Klauseln kann er wirklich nichts machen?«, erkundigte sich Thomas Schulz bei dem Mann mit der tiefen Stimme.

Die drei !!! sahen sich entsetzt an. Franzis Herz begann zu rasen. Sie mussten verhindern, dass Viktor Frankenberg diesen Kreditvertrag unterschrieb.

»Nein, einmal unterschrieben und das Land gehört *Grünland*!«, erklärte der Mann mit fester Stimme.

»Ist das fies«, wisperte Kim.

Plötzlich klingelte Franzis Handy. Lautlos fluchend fischte sie es aus der Hosentasche und drückte den Anrufer weg. Mit den Lippen formte sie das Wort *Entschuldigung*. Ihre Freundinnen schauten sie ängstlich an. Die drei !!! hielten den Atem an, aber die Männer schienen nichts bemerkt zu haben und sprachen weiter.

Vorsichtig spähten die Detektivinnen durch das gekippte Fenster. Der Mann mit der tiefen Stimme saß an einem Schreibtisch. Franzi schätzte ihn auf fünfzig. Er trug ein weißes Hemd und hatte grau melierte Haare. »Der Kreditvertrag ist verklausuliert. Es sieht so aus, als wäre der von dir, Schulz.«

Die drei !!! beobachteten, wie Schulz eine Klarsichthülle mit Papieren entgegennahm. »Ich hätte die Garantie, dass ich meine Belohnung bei seiner Unterschrift erhalte, gerne noch schwarz auf weiß.«

Der Mann kritzelte etwas auf einen Zettel. »Bitte schön.«

»Alles klar, ich fahre jetzt zu ihm. Er hat mich gerade angerufen.« Thomas Schulz nahm den Zettel entgegen.

Die drei !!! gingen an der Hauswand hinter einigen Büschen in Deckung und beobachteten, wie Thomas Schulz das Haus wieder verließ und zu seinem Auto lief. Dann fuhr er los.

»Herr Frankenberg darf auf keinen Fall unterschreiben!«,

flüsterte Franzi. »Er denkt doch, dass sein Freund ihm einen Gefallen tut.«

Die Mädchen huschten vom Hof zu den beiden Rädern.

»Damit sind wir zu langsam.« Franzi zog ihr Handy aus der Tasche und wählte Viktor Frankenbergs Nummer. »Mist, er geht nicht dran. Ich versuche es bei Isa.« Franzi wählte erneut.

»Handy aus. Letzte Chance: Alexandra.« Franzi suchte ihre Nummer aus dem Telefonbuch und tippte auf *Anruf*. Es klingelte nur einmal, dann war Alexandra dran. In wenigen Sätzen hatte Franzi alles zusammengefasst.

»Ich bin nicht mehr auf dem Gestüt, aber ich bin in zehn Minuten bei euch«, antwortete Alexandra.

»Sie kommt.« Franzi wollte ihr Handy einstecken, da fiel ihr ein, dass jemand versucht hatte, sie zu erreichen. Als sie gerade die Liste mit den verpassten Anrufen anschauen wollte, verabschiedete sich der Akku und das Handy ging aus. »Na toll!«

Kim reckte den Hals. »Hoffentlich kommt Alexandra schnell.«

Franzi dachte an Feuerherz. Sie wusste, wie sehr Isa ihn liebte. Nicht auszudenken, wenn er illegal ins Ausland verkauft werden würde! Und was hatte dieser *Grünland*-Typ mit dem Gestüt vor? Alles verwildern lassen, so wie beim Lindenhof? Und dann irgendwann das Haus abreißen und Ackerfläche daraus machen?

»Da!« Marie zeigte auf ein rotes Auto, das mit quietschenden Reifen von der Hauptstraße abbog und auf sie zufuhr.

Die drei Detektivinnen stiegen ein. Alexandra fuhr los.

»Die Fahrräder holen wir morgen. Wir müssen so schnell wie möglich deinen Vater warnen!«, sagte Franzi.
»Meine Mutter ist auch nicht zu erreichen«, erklärte Alexandra alarmiert.
»Übrigens: Wir haben vorhin heimlich Fingerabdrücke von deiner Schmuckschatulle genommen: Darauf waren die von Schulz«, berichtete Franzi. »Tut uns leid, dass wir das heimlich gemacht haben.«
»Er wollte es so aussehen lassen, als hätte ich Feuerherz entführt?« Alexandra schüttelte den Kopf. »Ich mochte ihn nie besonders, aber dass er so drauf ist, hätte ich nie gedacht.«
»Du bist uns also nicht böse, dass wir dich verdächtigt haben?«, fragte Kim.
Alexandra schüttelte den Kopf. »Ihr habt uns jetzt schon mehrmals geholfen. Danke!«
Sie bogen von der Straße ab und fuhren auf den Hof. Dort herrschte Totenstille. Die Sonne war hinter Wolken verschwunden, die kleine Katze war auch nicht mehr da. Für einen Moment erinnerte Franzi sich an ihren Traum. Der Hof wirkte jetzt plötzlich ganz grau und verlassen. Das Auto von Thomas Schulz parkte vor der Treppe, die zum Wohnhaus führte. Franzi rieb sich die Augen und im selben Moment entdeckte sie Bella auf der Koppel.
»Wo ist denn Wirbelwind?« Schnell lief sie in den Stall. Aber auch dort keine Spur von dem kleinen Fohlen. Nur Feuerherz stand in seiner Box. »Benjamin?«, rief Franzi.
»Der musste kurz zum Arzt«, sagte Alexandra.

Franzi rannte los zur Koppel. Bella trabte unruhig umher. Kim und Marie kamen ebenfalls angelaufen.
»Da hat jemand den Koppelzaun geöffnet!«, rief Kim.
»Das war bestimmt Thomas Schulz«, meinte Franzi. »Um den Frankenbergs noch mal zu zeigen, dass sie ganz dringend das Kreditangebot annehmen müssen.«
Wie aufs Stichwort kam Thomas Schulz, gefolgt von den Frankenbergs, aus dem Haus.
Herr Frankenberg telefonierte gerade. »Ja, Martha, du bekommst das Geld. Bis gleich.« Er legte auf und wandte sich wieder Thomas Schulz zu, der plötzlich erschrocken guckte.
»Hier, da ist der Zaun locker. Huch! Er ist ja kaputt«, stellte Thomas Schulz fest. »Wo ist denn Wirbelwind?«
»Sie haben den Zaun absichtlich kaputt gemacht!« Wütend ging Marie auf den Mann zu.
»Kim, guck mal, ob du in seinem Auto diese handschriftliche Abmachung für seine Belohnung findest«, raunte Franzi ihrer Freundin zu. »Ich suche Wirbelwind.«
»Alles klar. Und ich informiere Kommissar Peters, auch wenn das hier nicht sein Einsatzgebiet ist.« Kim schlich los und zog ihr Handy aus der Tasche.
Franzi rannte an der Koppel vorbei auf die Wiese. Dort entdecke sie Wirbelwind, der unter einem Baum graste. Erleichtert lief sie zu ihm. »Wenigstens ist dir nichts passiert! Gut, dass du nicht weggelaufen bist.«
»So ein Quatsch!«, hörte sie die laute Stimme von Thomas Schulz durch die warme Nachmittagsluft donnern.

»Komm, Windi, ich bringe dich zu deiner Mama.« Franzi streichelte dem Fohlen über die Mähne. Zutraulich stakste es hinter Franzi her.
»Oh Franzi!«, rief Frau Frankenberg. »Danke!«
Marie kam ihr aufgeregt entgegengelaufen. »Viktor Frankenberg glaubt Alexandra und mir nicht. Er hört uns gar nicht richtig zu! Sie sind gerade wieder reingegangen.«

In letzter Sekunde

»Ja, Kinder. Bitte haltet euch da raus«, sagte Frau Frankenberg. Sie wirkte sehr angespannt.
In Franzis Kopf ratterte es. Sie mussten verhindern, dass Viktor Frankenberg unterschrieb.
»Mama, die Mädchen haben herausgefunden, dass Thomas mir Feuerherz' Entführung in die Schuhe schieben wollte«, schaltete sich Alexandra ein.
»Das kann ich nicht glauben, Alexandra.«
Alexandra schüttelte den Kopf. »Stimmt, du glaubst mir ja auch nicht, dass ich nichts mit Isas Unfall zu tun hatte.«
»Sie hatte wirklich nichts damit zu tun!«, rief Isa aus dem Fenster.
»Ach, du bist wach geworden.« Frau Frankenberg versuchte zu lächeln.
»Dein Vater darf den Kreditvertrag nicht unterschreiben!«, rief Franzi.
»Warte, ich komme runter!«, rief Isa zurück und schloss das Fenster.

Aufgeregt blickte Franzi zu Kim, die gerade einen langen Draht durch den offenen Spalt am Fenster von Thomas Schulz' Beifahrertür steckte.
Franzi wandte sich an Frau Frankenberg. »Sie müssen uns glauben. Ihr Mann darf diesen Kreditvertrag nicht unterschreiben.«
Isa kam aus dem Haus gelaufen. »Er ist gerade dabei.«
Franzi und Marie sahen sich an und stürmten los, die Treppen hinauf. Franzi riss die Tür zur Küche auf. Viktor Frankenberg saß am Küchentisch, mit einem Füller in der Hand.
»Nein!«, schrie Marie, aber der Mann setzte den Stift auf dem Papier an.
Mit schnellen Schritten war Franzi bei ihnen und riss ihm den Zettel weg.
»Das geht entschieden zu weit!«, brüllte Viktor Frankenberg.
Mit dem Kreditvertrag in der Hand lief Franzi wieder auf den Hof, wo Kim gerade den Draht aus dem Autofenster zog. An seiner Spitze steckte ein Zettel. Sie zog den Zettel vom Draht ab und überflog ihn. Anschließend hielt sie triumphierend ihren Daumen nach oben.
Viktor Frankenberg und Thomas Schulz kamen hinter Franzi aus dem Haus gerannt.
Sie zeigte auf den Zettel in Kims Hand und wandte sich an Viktor Frankenberg. »Das ist der Beweis, dass Ihr Freund Thomas Ihnen den Hof abluchsen will. Mit fiesen Tricks.«
Als sie das sagte, kam ein weiteres Auto auf den Hof gefahren. Kommissar Peters!

Franzi sah, dass Thomas Schulz bleich wurde. Er wollte Franzi den Vertrag aus den Händen reißen. Aber Franzi hielt das Papier so fest, dass es zerriss. »Ach, weißt du, Viktor. Wir lassen es einfach.«

»Das würde ich auch sagen, Herr Schulz.« Kommissar Peters kam aus seinem Auto und marschierte direkt auf sie zu. »Ich habe gehört, dass hier einiges schiefläuft.«

Kim reichte Herrn Frankenberg den Zettel mit der schriftlichen Zusicherung der Belohnung für Thomas Schulz. Der überflog ihn und wurde jetzt ebenfalls blass.

»Das hätte ich nicht von dir gedacht, Thomas.« Er ließ den Zettel sinken.

»Eigentlich wollte ich dir nur helfen«, sagte Schulz. »Aber bitte. Lass dich wegen Doping drankriegen und geh pleite.«

»Er wollte nicht helfen«, stellte Kim klar. »Er hat Feuerherz entführt und den Balken manipuliert. Und er hat die Schraube platziert, an der Bella sich verletzt hat.«

»Außerdem hat er vor ein paar Minuten den Koppelzaun beschädigt, wahrscheinlich, damit Sie auch wirklich schnell unterschreiben.«

Franzi reichte Herrn Peters den angerissenen Kreditvertrag. »Hier sind geheime Klauseln drin.«

»Wir werden das prüfen«, sagte Kommissar Peters ernst.

Franzi bemerkte, dass Viktor Frankenberg nervös zur Toreinfahrt guckte, wo gerade der schwarze Geländewagen von Martha Friesmann erschien. Sie stieg aus. Eine große schwarze Sonnenbrille verdeckte ihr Gesicht.

»Herr Kommissar, diese Frau hat irgendwas Illegales mit Pferdewetten zu tun«, berichtete Kim.

Frau Friesmann verlangsamte ihre Schritte. Vermutlich hatte sie die Lage erkannt und würde gleich versuchen zu fliehen.

In Franzis Kopf ratterte es. Ihr Blick fiel auf den Heu-Anhänger. »Lasst uns das Tor dichtmachen«, raunte sie ihren Freundinnen zu und machte eine Kopfbewegung Richtung Heuwagen.

Die drei !!! liefen los. Aus dem Augenwinkel konnte Franzi sehen, dass Frau Friesmann wieder in ihr Auto sprang.

»Halt!«, rief Kommissar Peters, aber die Frau startete bereits den Motor.

Kim, Franzi und Marie waren schneller. Franzi löste die Handbremse des Anhängers und gemeinsam schoben sie ihn mit aller Kraft vor die Toreinfahrt.

Gerade noch rechtzeitig. Martha Friesmann musste kräftig bremsen.

Wütend stieg sie aus dem Auto aus. »Was seid ihr denn für Nervbacken?!« Sie wollte Franzi zur Seite schieben, aber die blieb stehen.

»Sie sind mitschuldig daran, dass Feuerherz gedopt wurde, weil Sie einen Deal mit Herrn Frankenberg hatten.«

In diesem Moment zwängten sich zwei weitere Polizisten durch den schmalen Spalt zwischen Hofeinfahrt und Heuwagen.

»Guten Tag, mein Name ist Weber. Kommissar Peters hat mich herbestellt«, sagte einer der beiden Polizisten. Er trug eine Jeans und ein blaues Hemd.

»Hallo, Hans! Lange nicht gesehen! « Die beiden Kommissare umarmten sich, dann fasste Kommissar Peters in knappen Sätzen zusammen, weshalb sie hier waren.
»Danke, Robert, für deine Hilfe. Wir übernehmen jetzt«, verkündete Herr Weber. »Und übrigens freue ich mich sehr, dass ich endlich mal die berühmten drei !!! kennenlernen durfte.«
Kim, Franzi und Marie grinsten.
Anschließend drehte sich Kommissar Weber zu Herrn Frankenberg. »Ich würde Sie gerne mit auf die Wache nehmen. Und Sie auch, Frau Friesmann. Und Herrn Schulz ebenso.«
Gerade als die drei !!! mit aller Kraft den Heuwagen wieder aus der Einfahrt schoben, kamen Herr Winkler und Paul an.
Franzi strich sich Stroh aus den Haaren und zog ihr T-Shirt gerade. »Hi, Paul.«
»Hey, ihr drei.« Er machte eine Kopfbewegung in Richtung seines Onkels. »Hat er Feuerherz wirklich gedopt?«
Franzi nickte. »Ja. Und nicht nur das. Er wollte auch einen Kred…«
»Sorry, Franzi, ich will mir Feuerherz gleich mal ansehen«, unterbrach Paul und stapfte davon.
Auch Herr Winkler war bereits auf dem Weg in den Stall.
Franzi starrte den beiden hinterher. »Okay, er hat nicht mal Zeit für einen weiteren Satz über unsere Ermittlungen«, sagte Franzi geknickt.
»Er will sich erst mal um das Pferd kümmern, Franzi«, meinte Marie. »Das müsste doch eigentlich in deinem Interesse sein.«

Franzi zuckte mit den Schultern. »Wenn mein Freund so was Krasses herausgefunden hätte, würde ich es auch hören wollen.«
Kim sah ihre Freundin an. »Aber er ist nicht dein Freund, Franzi.«
Franzi merkte, wie sich alles in ihr zusammenzog. Kim hatte natürlich recht, aber was, wenn Franzis Herz das anders haben wollte? Sie schloss die Augen. Paul war viel zu alt für sie, außerdem hatte sie einen Freund. Blake, mit dem sie schon so viel Schönes gemeinsam erlebt hatte und der heute … Franzi riss die Augen wieder auf. »Mist!« Sie zog ihr Handy aus der Tasche, aber der Akku war leer. »Obermist! Wie spät ist es?«
Kim holte ihr Smartphone aus der Tasche. »Fünf Uhr.«
»Was?« Franzi merkte, wie sich in ihrem Gesicht in Windeseile hektische Flecken bildeten. »In 45 Minuten landet Blakes Flieger. Wie komme ich denn da jetzt so schnell hin?«
»Sicher nicht mit Paul«, sagte Marie und grinste.
Franzi rollte mit den Augen, wurde aber sofort von Marie angeknufft. »Entschuldige.«
»Könnt ihr noch mit aufs Revier kommen?«, fragte Kommissar Weber die drei !!!. »Ich würde gern bis ins kleinste Detail von euren Ermittlungen hören.«
Franzi schüttelte den Kopf. »Mein Freund kommt heute aus den USA zurück und ich habe versprochen, dass ich ihn abhole.«
»Wir können morgen kommen und unsere Aussagen machen«, bot Marie an.
»Nach der Schule«, ergänzte Kim. »Wir müssen jetzt auf

dem schnellsten Weg zum Flughafen.« Sie blickte auf ihr Handy. »Oh nein. Der Bus fährt erst wieder in einer Stunde.«

»Ich bringe euch hin«, sagte Kommissar Peters. »Ich muss sowieso in die Stadt. Und in der Nähe des Flughafens ist dieser neue Feinkostladen. Ich möchte heute Abend kochen.«

Franzi zwinkerte ihren beiden Freundinnen zu. Seitdem Kommissar Peters eine Kollegin an seiner Seite hatte, war er manchmal nicht wiederzuerkennen.

»Wo ist eigentlich Kommissarin Aslan?«, erkundigte sich Marie.

»Bei der Rennbahn. Wir wollen abchecken, wie die falsche Pferde-Urinprobe getestet werden konnte und ob es Sicherheitslücken gibt.«

Kommissar Peters drückte seinem alten Freund Kommissar Weber den angerissenen Kreditvertrag in die Hände. »Weiteres Beweismaterial, das unsere cleveren Detektivinnen zusammengetragen haben.«

»Super, danke. Gute Arbeit! Dann bis morgen!« Als Kommissar Weber und sein Kollege mit Viktor Frankenberg, Thomas Schulz und Martha Friesmann vom Hof gefahren waren, wandte sich Herr Peters an die Detektivinnen. »Ich bin beeindruckt, was ihr da aufgedeckt habt, aber …«

»… wir hätten viel schneller die Polizei einschalten müssen«, ergänzte Marie und lächelte unschuldig.

»So ist es.« Kommissar Peters hielt den Freundinnen die Tür auf. »Merkt euch das mal.«

»Manchmal sind wir aber einfach schneller als die Polizei«,

flüsterte Franzi ihren Freundinnen beim Einsteigen in Kommissar Peters' Dienstwagen zu.
Kim und Marie grinsten.
Isa kam zu ihnen gelaufen. Franzi ließ das Fenster herunter.
Isa streckte ihre Hand ins Auto. »Danke. Ihr seid toll.« Sie wischte sich eine Träne aus dem Augenwinkel.
Marie drückte Isas Hand. »Es wird schon weitergehen.«
»Ja, du und Feuerherz, ihr seid ein einzigartiges Team«, bestätigte Franzi. »Und den Erfolg kann man nicht herbeizwingen«, ergänzte Kim.
»Leider müssen wir jetzt los«, erklärte Franzi bedauernd. »Aber wir kommen morgen wieder, nachdem wir bei der Polizei waren.«
»Willst du morgen nicht vielleicht mal etwas mit Blake unternehmen?«, fragte Kim, während Franzi winkend das Fenster wieder hochfahren ließ.
Franzi zuckte mit den Schultern.
»Haltet euch fest. Es geht los.« Kommissar Peters startete den Wagen. »Blaulicht geht leider nicht. Das ist wirklich nur im Notfall erlaubt.«

Alles bleibt neu

»Auch mit Blaulicht wären wir bei dem ganzen Verkehr nicht rechtzeitig hier gewesen«, sagte Kim, als die drei !!! sich zwei Stunden später am Busterminal des Flughafens verabschiedeten. Jede der drei Detektivinnen musste eine andere Buslinie nehmen, um nach Hause zu kommen.

Kim fischte etwas aus ihrer Tasche. »Hier, Franzi, du brauchst Peppo gerade dringender als ich. Er hat zwar Isa und Feuerherz kein Glück gebracht, aber wir sollten nie aufhören, an die Kraft des Einhorns zu glauben.« Kim zwinkerte ihr zu.

»Danke.« Franzi nahm die kleine Einhornfigur von Finn entgegen.

Nach der ganzen Aufregung war ihr gar nicht nach Reden zumute, sie wollte am liebsten nur nach Hause und zu Tinka auf die Koppel.

»Blake ist bestimmt nicht sauer!«, rief Marie, ehe sich die Türen ihres Busses schlossen.

Als Nächstes fuhr Kim ab, und Franzi war froh, als sie endlich allein war.

Die gesamte Busfahrt starrte sie mit Peppo in der Hand nur aus dem Fenster und konnte keinen klaren Gedanken fassen.
»Hallo, Franzi«, begrüßte ihre Mutter sie. »In einer halben Stunde gibt es Abendessen.«
»Alles klar, Mama!«
Franzi lief durch den Garten zur Koppel. »Tinka!« Das Pony kam auf Franzi zugelaufen und ließ sich ausgiebig durch die Mähne strubbeln. »Ich weiß nicht, ob ich mich freuen soll, Tinka«, gab Franzi zu. »Paul mag ich doch auch.«
Das Pferd wieherte und schüttelte seine Mähne vor Franzis Gesicht hin und her. Die Haare kitzelten Franzi an der Nase.
»Du hast recht. Paul ist ganz schön alt und gar nicht so lustig. Blake und ich – uns verbindet echt viel. Und wir hatten schon eine Menge Spaß zusammen.«
»Da bin ich aber froh, dass du das auch so siehst, Franziska Winkler! Nachdem du mich vorhin weggedrückt hast.«
Erschrocken drehte Franzi sich um. »Blake! Hallo!« Hatte er etwa gehört, wie sie über Paul gesprochen hatte?
Er lächelte sie an. In der Hand hatte er Peppo. »Guck mal, der lag an der Bushaltestelle.« Blakes Haare waren länger geworden, seine Haut schimmerte golden in dem roten Licht der Abenddämmerung.
»Du warst das mit dem Anruf?« Franzi hob entschuldigend die Schultern.
»Ja, ich wollte dir sagen, dass ich einen früheren Flieger genommen habe. Ich wurde umgebucht.«
»Dann hast du gar nicht erwartet, dass ich dich abhole?«

Franzi steckte das kleine Einhorn ein und seufzte erleichtert. »Wir haben ermittelt, deshalb konnte ich nicht rangehen. Tut mir leid.«
Blake grinste. »Das habe ich mir schon gedacht.« Er zog Franzi zu sich und blickte ihr tief in die Augen. »Du musst mir alles ganz genau erzählen, aber zuerst muss ich dich küssen!« Blake nahm Franzis Gesicht zwischen seine warmen Hände.
Sie blickten sich tief in die Augen und Franzi hatte auf einmal das Gefühl, dass das genau das Richtige war.
Und dann küssten sie sich.

Detektivtagebuch von Kim Jülich
Donnerstag, 20:37 Uhr

Es ging mal hü, es ging mal hott, aber dann ging's richtig flott: Die drei Ackergäule, äh, Ausrufezeichen haben den Fall gelöst. Yeeehaaaa!
Es ist wohl glimpflich ausgegangen, zumindest was Feuerherz angeht. Weil Herr Frankenberg Feuerherz nur wenige Male gedopt hat, wird das Pferd laut Herrn Winkler keine Langzeitschäden haben. Aber Feuerherz soll sich jetzt erst mal ausruhen und die Dopingreste in seinem Blut müssen abgebaut werden. Das alles hat Franzi Marie und mir vorhin in einer Nachricht mitgeteilt. Und darunter stand: Eure frisch verliebte Franzi. Was soll das denn jetzt heißen? Na ja, wir werden es bald herausfinden ...
Noch mal zum Fall: Thomas Schulz, der schon lange Jahre mit der Familie Frankenberg befreundet ist, hatte es tatsächlich auf das Gestüt abgesehen. Unfassbar! Und wir fanden ihn so nett, als er bei der Suche nach Feuerherz geholfen hat. Dabei wusste er ja, wo Feuerherz war, weil er ihn selbst entführt und versteckt hatte. Und dann hat

er auch noch absichtlich einen Ohrring von Alexandra dort platziert, für den Fall, dass das Versteck auffliegt. Und weil Alexandra und Isa zwar Schwestern, aber auch Konkurrentinnen sind, hat er die falsche Spur zu Alexandra gelegt.

Was er genau zum Zeitpunkt der Entführung mit Feuerherz vorhatte, ist unklar. Ich denke, dass die Aktion dazu dienen sollte, Viktor Frankenberg mürbezumachen und den Vertrag für einen Kredit unterschreiben zu lassen. Auch der defekte Balken im Stall und die Schraube, an der Bella sich verletzt hat, sowie das Öffnen ihrer Box gehen auf sein Konto. Alles nur, weil er wusste, dass Herr Frankenberg den Hof unter normalen Umständen gar nicht abgeben würde. Wie schrecklich, wenn man von einem Freund so hintergangen wird. Bestimmt fragt Viktor Frankenberg sich jetzt, ob Thomas' Freundschaft von Anfang an nur vorgetäuscht war.

Die Entführung muss Feuerherz zugesetzt haben. Thomas Schulz hat ihn zwar gut behandelt, aber Feuerherz war allein an einem fremden Ort. Der Stress hat dazu geführt, dass er unruhig und unkonzentriert wurde. Und das hat Frau Frankenberg so beschäftigt, dass sie Feuerherz heimlich Baldrian verabreicht hat, und zwar aus Sorge um Isa. Das wiederum hat dazu geführt, dass Herr Frankenberg befürchtete, mit dem müden Pferd nicht zu gewinnen. In einer Kurzschlussreaktion hat er Feuerherz gedopt, damit dieser beim Turnier gewinnt. Das Doping-Mittel sollte seine Leistungskraft steigern und Herr Frankenberg hatte einen Deal mit Martha Friesmann, die wohl sehr hoch auf Feuerherz gewettet hat. Keine Ahnung, welche Summe Viktor Frankenberg davon abbekommen sollte, aber aus seiner Sicht MUSSTE Feuerherz gewinnen.

Als Thomas während Feuerherz' und Isas Kür auf der Zuschauertribüne aufgetaucht ist, hat Feuerherz sich an seine Entführung erinnert und ist durchgegangen.

Danach lief es für Thomas Schulz wieder gut und er war kurz davor, sein Ziel zu erreichen, aber er hatte die Rechnung ohne die drei !!! gemacht!!!

Es sind noch viele Fragen offen, zum Beispiel, ob das Gestüt Frankenberg eine Zukunft hat ... Mal sehen, was mit Herrn Frankenberg passiert.

Kommissar Peters hat uns vorhin noch geschrieben, dass sowohl Martha Friesmann als auch Thomas Schulz sich wegen Betrugs in verschiedenen Fällen vor Gericht verantworten müssen. Und dieser Typ von *Grünland* auch. Kommissar Peters und Kommissarin Aslan arbeiten wohl noch daran, die undichte Stelle bei der Dopingkontrolle der Rennbahn ausfindig zu machen. Das überlassen wir komplett den beiden.
Ich bin jetzt einfach nur froh, dass Isa und Feuerherz nichts passiert ist!

Geheimes Tagebuch von Kim Jülich
Donnerstag, 21:08 Uhr

►Das Tagebuch von Kim Jülich ist streng geheim! Jeder, der es wagt weiterzulesen, wird niemals mehr etwas von meinem geheimen Süßigkeitenvorrat abbekommen. Ich werde auch nicht mehr bei den Deutschhausaufgaben helfen! Das war es dann mit dem süßen Leben, Leute!◄
Seit ich wieder zu Hause bin, habe ich im Zehnminutentakt meine E-Mails gecheckt. Aber bis auf eine automatische E-Mail, dass Davids und mein Manuskript bei dem Schreibwettbewerb angekommen ist, kam nichts. Ich muss mich mal in Geduld üben, aber das ist gar nicht so leicht! David und ich wollen uns am Wochenende (das dauert ja noch viiiiel zu lange!!! ☺) treffen und etwas unternehmen, was rein gar nichts mit Schreiben zu tun hat. Er will mich überraschen. Hoffentlich gehen wir nicht reiten. Haha! Ich hoffe, dass er den Kinogutschein beim Tischkickerturnier gewonnen hat! Wieder muss ich warten. Was mich auch wahnsinnig macht: dass ich nicht weiß, was Franzi meinte, als sie schrieb, sie sei frisch verliebt ...
Ungeduld lässt sich am besten mit Schlaf ausschalten, also gehe ich jetzt ins Bett und träume davon, wie ich mit David dem Sonnenuntergang entgegenreite. Korrigiere: Ich laufe mit David dem Sonnenaufgang entgegen. Das Reiten überlasse ich Franzi. Und natürlich Isa und Alexandra.

Gut gelaunt stiegen die drei Freundinnen am nächsten Tag nach der Schule und dem Besuch im Polizeirevier von Kommissar Weber aus dem Bus aus.
»Und dann hat er mir ganz tief in die Augen geguckt und mich geküsst«, berichtete Franzi mit glühenden Wangen und leuchtenden Augen. »Es war fast so, als hätten wir uns zum ersten Mal geküsst. Nur viel schöner.«
Kim und Marie hatten gespannt gelauscht.
»Haaach, ist das schööööön!«, seufzte Marie.
»Das klingt wirklich herrlich!« Kim rupfte einen langen Grashalm vom Straßenrand und kitzelte damit Franzis Nacken. »Und was habt ihr noch so gemacht?«
»Ganz viel geredet. Er wollte alles wissen, was wir im letzten Jahr gemacht haben«, erzählte Franzi. »Und zwischendurch gab es immer Kusspausen.«
»Also ist Paul jetzt vergessen?«, fragte Kim.
Franzi zog die Schultern hoch. »Vielleicht nicht ganz. Aber ich weiß ja, dass er zu alt für mich ist.«
Marie legte den Arm um Franzi. »Wenn du es vergisst, erinnern wir dich daran.«
Franzi nickte. »Ihr seid die Besten! Gibt es was Neues von Frau Professor Lilo?«
Marie verzog das Gesicht. »Erinnere mich nicht an sie!«
»Du solltest einfach nicht darüber nachdenken, wie sie aussieht, sondern dass sie Mathe kann«, schlug Kim vor. »Und es Holger beibringen wird. Und dann hat er wieder mehr Zeit für dich.«

»Ich hoffe es!« Marie sah zu Kim. »Gibt es Neuigkeiten von eurem Bestseller?«
»Noch nicht. Jens-Dieter Rohloff meint, dass es ein paar Wochen dauern wird, bis wir eine Rückmeldung bekommen. Aber ich bin so ungeduldig.« Kim seufzte.
Sie betraten den Hof der Frankenbergs.
Zunächst war niemand zu sehen, aber dann entdeckte Franzi Benjamins Lockenkopf bei der Pferdekoppel. Die drei Freundinnen liefen über den Hof. Benjamin war gerade dabei, den Balken am Koppelzaun wieder zu befestigen. Frau Frankenberg pflückte Himbeeren in einen kleinen Korb. Auf der Wiese neben der Koppel ritt Isa auf Bella und Alexandra auf Feuerherz.
»Brrrrr!« Isa hatte die Freundinnen als Erste entdeckt. »Hallo, ihr drei!«
»Hallo! Wie geht es Feuerherz?«, wollte Franzi wissen.
»Ganz gut. Dein Vater meint, wir können ruhig mit leichtem Training beginnen. Übrigens ist es total nett von ihm, dass wir die Rechnungen in Raten abbezahlen dürfen!«
Alexandra kam Feuerherz näher. »Aber wir gehen das Training ganz langsam an.«
»Was ist mit eurem Vater?«, fragte Kim.
»Der hat viel zu klären und war mehrmals auf dem Präsidium«, berichtete Alexandra. »Angeblich soll es sich mildernd auf sein Strafmaß auswirken, wenn er der Polizei sagt, woher er das Doping-Mittel hatte und wer die undichte Stelle bei der Rennbahn ist.«
»Kann ja sein, dass er damit leichter davonkommt, aber ich

werde ihm nicht verzeihen, was er uns und vor allem Feuerherz angetan hat«, sagte Isa traurig.
»Er wollte nur helfen«, mischte sich Frau Frankenberg ein. »Und er war verzweifelt.«
»Was wird denn jetzt aus eurem Hof?«, fragte Franzi.
»Wir wissen es noch nicht. Meine Mutter hat heute Morgen mit der Bank telefoniert«, erzählte Isa. »Wenn wir Glück haben, geben sie uns noch einen Kredit.«
»Und dann nehmen wir am übernächsten Turnier teil«, erklärte Alexandra.
»Das machst dann aber du«, sagte Isa und stieg von Bella ab. »Ich hab es ja nicht geschafft.«
Alexandra schüttelte den Kopf. »Du konntest doch gar nichts dafür.« Sie schwang sich ebenfalls aus dem Sattel.
Franzi sah, dass Alexandra Tränen in den Augen hatte. »Du konntest noch nie etwas dafür. Auch nicht, als Feuerherz dich zum ersten Mal abgeworfen hat.«
Isa nickte. »Da hatten wir beide uns gestritten und so laut geschrien, dass er sich erschreckt hat.«
»Ja, aber wir hatten nur deshalb Streit, weil ich nicht akzeptieren konnte, dass du mehr Talent hast als ich«, sagte Alexandra. Tränen liefen über ihre Wangen. Sie reichte Isa Feuerherz' Zügel. »Du musst das machen. Nur du schaffst es. Wenn du möchtest, kann ich eure Trainerin sein?«
Isas Augen füllten sich nun auch mit Tränen. »Wirklich?«
Alexandra nickte. Vorsichtig nahm Isa die Zügel. »Das wäre großartig!«

Kim drückte Franzis Hand.
»Au!«, rief Franzi.
»Alles klar?«, fragte Isa Franzi.
»Ja, es ist nur so schön, dass ihr euch vertragen habt, dass Kim Franzi mal kurz zwicken musste«, erklärte Marie.
»Ich möchte euch unterstützen und werde auch nicht mehr so ängstlich sein«, mischte sich Frau Frankenberg ein. »Und zur Feier des Tages gibt es jetzt Vanilleeis mit heißen frischen Himbeeren.« Sie hielt den Korb hoch, der randvoll mit Himbeeren gefüllt war. »Wer will?«
»Ich!«, riefen alle.
Franzi drehte sich um. Hinter ihr hatte noch jemand »Ich!« gerufen.
Es war Paul. »Hey, wie seid ihr denn hergekommen?«
»Mit dem Bus, wir waren auch schon bei Kommissar Weber«, berichtete Marie.
»Ich hätte euch doch mitnehmen können«, sagte Paul.
»Bus fahren ist auch mal schön, außerdem mussten wir wichtige Dinge besprechen«, erklärte Franzi und zwinkerte ihren Freundinnen zu. Marie und Kim lachten.
Franzi war glücklich. Sie hatte die besten Freundinnen und den tollsten Freund der Welt! Ihr Blick fiel auf die Weide, wo Wirbelwind gerade zwischen seinen Eltern Bella und Feuerherz umhertobte. »Wenn du groß bist, wirst du bestimmt mal Goldmedaillengewinner!«, rief Franzi. Sie kramte aus ihrer Tasche das kleine Einhorn von Finn und stellte es auf einen Pfahl des Koppelzauns. »Das Gestüt braucht dich jetzt, Peppo.«

Plötzlich wurde sie von der Seite angestupst. Es war Feuerherz und er blickte ihr direkt in die Augen. Vor lauter Glück machte Franzis Herz einen riesigen Hüpfer.

Kirsten Vogel denkt gern an ihre Kindheit auf dem Land zurück. Hinter dem Haus war eine Pferdeweide, und eines Tages stand plötzlich ein Pferd im Garten. Sie hat es Feuerherz getauft und mit Möhren gefüttert. Da sie seit zwanzig Jahren in Berlin lebt, weiß sie nicht, was aus ihrem Feuerherz geworden ist. Bei ihrem nächsten Heimatbesuch wird sie mit ihren beiden Söhnen auf Spurensuche gehen. Wer weiß, vielleicht treffen sie dann ja auch einen kleinen Wirbelwind?

Die drei !!!

Clevere Girls knacken jeden Fall!

- ☐ Die Handy-Falle
- ☐ Betrug beim Casting
- ☐ Gefährlicher Chat
- ☐ Gefahr im Fitness-Studio[e]
- ☐ Tatort Paris[e]
- ☐ Skandal auf Sendung[e]
- ☐ Vorsicht Strandhaie![e]
- ☐ Skaterfieber[e]
- ☐ Im Bann des Tarots[e]
- ☐ Tanz der Hexen[e]
- ☐ Kuss-Alarm[e]
- ☐ Popstar in Not[e]
- ☐ Gefahr im Reitstall
- ☐ Spuk am See[e]
- ☐ Duell der Topmodels[e]
- ☐ Total verknallt![e]
- ☐ Gefährliche Fracht[e]
- ☐ VIP-Alarm[e]
- ☐ Teuflisches Handy[e]
- ☐ Beutejagd am Geistersee[e]
- ☐ Skandal auf der Rennbahn[e]
- ☐ Jagd im Untergrund[e]
- ☐ Undercover im Netz[e]
- ☐ Fußballstar in Gefahr[e]
- ☐ Herzklopfen![e]
- ☐ Tatort Filmset[e]
- ☐ Vampire in der Nacht[e]
- ☐ Achtung, Promihochzeit![e]
- ☐ Panik im Freizeitpark[e]
- ☐ Falsches Spiel im Internat[e]
- ☐ Betrug in den Charts[e]
- ☐ Party des Grauens[e]
- ☐ Küsse im Schnee[e]
- ☐ Brandgefährlich![e]
- ☐ Diebe in der Lagune[e]
- ☐ SOS per GPS[e]
- ☐ Mission Pferdeshow[e]
- ☐ Stylist in Gefahr[e]
- ☐ Verliebte Weihnachten[e]
- ☐ Achtung, Spionage![e]
- ☐ Im Bann des Flamenco
- ☐ Geheimnis der alten Villa[e]
- ☐ Nixensommer
- ☐ Skandal im Café Lomo!
- ☐ Tatort Geisterhaus[e]
- ☐ Filmstar in Gefahr[e]
- ☐ Unter Verdacht[e]
- ☐ Die Maske der Königin[e]
- ☐ Skandal auf dem Laufsteg[e]
- ☐ Freundinnen in Gefahr[e]
- ☐ Krimi-Dinner[e]
- ☐ Das rote Phantom
- ☐ Hochzeitsfieber!
- ☐ Klappe und Action!
- ☐ Wildpferd in Gefahr
- ☐ Geheimnis im Düstermoor[e]
- ☐ Tatort Kreuzfahrt
- ☐ Gorilla in Not[e]
- ☐ Das geheime Parfüm
- ☐ Liebes-Chaos!
- ☐ Der Fall Dornröschen
- ☐ Spuk am Himmel
- ☐ Flammen in der Nacht
- ☐ Der Graffiti-Code
- ☐ Heuler in Not
- ☐ Tanz der Herzen[e]
- ☐ Tatort Geisterbahn
- ☐ Gefahr im Netz
- ☐ Nacht der Wölfe
- ☐ Gefährliches Spiel
- ☐ Gefahr in den Ruinen
- ☐ Kuss der Meerjungfrau
- ☐ Legende der Einhörner
- ☐ Rätsel der Vergangenheit
- ☐ Tatort Hollywood
- ☐ #Falscher Ruhm
- ☐ Achtung, Gaunerzeichen!
- ☐ Das Bienengeheimnis
- ☐ Vier Pfoten in Gefahr
- ☐ Ein echt schöner Fall
- ☐ Geheimnis im Spukhotel
- ☐ Das Konfetti-Komplott
- ☐ Voller Einsatz für die Erde
- ☐ Luftballon-Küsse
- ☐ Ein Fall mit Herz und Huf
- ☐ Rätselhafter Raub
- ☐ Geheimnisvoller Liebestrank
- ☐ Die Krimi-Verschwörung
- ☐ Der Fluch der Fee
- ☐ Mission Gipfelglück

Alle Bücher auch als E-Book erhältlich

[e] nur als E-Book erhältlich

diedreiausrufezeichen.de